FERNAND BEISSIER

SAYNÈTES

POUR

JEUNES FILLES

PARIS

LIBRAIRIE THÉATRALE

14, RUE DE GRAMMONT, 14

—

1888

Droits de reproduction, de traduction et de représentation réservés.

SAYNÈTES

POUR

JEUNES FILLES

IMPRIMERIE GÉNÉRALE DE CHATILLON-SUR-SEINE. — A. PICHAT.

FERNAND BEISSIER

SAYNÈTES

POUR

JEUNES FILLES

PARIS

LIBRAIRIE THÉATRALE

14, RUE DE GRAMMONT, 14

1888

Droits de reproduction, de traduction et de représentation réservés.

MA
SŒUR CLAIRE

COMÉDIE EN UN ACTE

PERSONNAGES

Mme BERNIER, rentière.

CLAIRE, ⎫
ALICE, ⎬ petites-filles de Mⁿᵉ Bernier.

NANON, servante.

La scène se passe dans un village.

———

MA SŒUR CLAIRE

Dans une ferme. — Au fond, à côté de la porte d'entrée, une grande fenêtre. — Par les rideaux entr'ouverts on aperçoit la campagne. — A gauche, une vaste cheminée; à droite, une porte conduisant dans une chambre voisine, à droite aussi un buffet, et devant le buffet une table. Au lever du rideau, Nanon dresse le couvert sur la table.

SCÈNE PREMIÈRE

NANON, posant les assiettes.

Mademoiselle Claire, ici, madame, là; en face, mademoiselle Alice; et moi, de ce côté, de façon à pouvoir me dresser facilement et surveiller, en

même temps, mon poulet et la crème de mademoiselle Alice, une crème superbe dont elle a
copié la recette dans un grand journal de Paris.
Dame, il s'agissait de faire la fête complète, et
de célébrer, comme il faut, le retour de notre
chère enfant, ma bonne petite Claire! Je dis toujours petite, comme si elle avait encore dix ans!
elle en a seize maintenant; l'année dernière, ne
pouvant pas venir aux vacances, ainsi que nous
l'avions tant espéré, elle nous a envoyé son por-
trait : je ne la reconnaissais plus. Ah! c'est que
c'est une belle demoiselle, maintenant, et savante,
oh! savante — plus encore, dit-on, que monsieur
le curé! — Je la vois toujours, assise là, les yeux
plongés dans ses livres; toujours sérieuse et grave,
mais bonne, avec cela, comme du bon pain. A
l'école elle en sut vitement plus que la maîtresse,
et c'est alors que madame décida qu'elle irait à
Paris dans une grande pension; et elle partit la
chère petite : quel vide cela fit! Heureusement
qu'il nous restait mademoiselle Alice, grande déjà
comme sa sœur, mais tapageuse, oh! tapageuse!
avec elle jamais rien ne peut rester en place.
Madame gronde, moi aussi; mais elle a une façon de vous embrasser qui fait qu'on lui pardonne

tout de suite. Elle a si bon cœur et elle aime sa sœur Claire! Faut voir. (S'interrompant.) Ah! j'oubliais les fourchettes. C'est ma tête qui travaille trop! (Elle continue.) C'est toujours ma sœur Claire, par ci, ma sœur Claire, par là. Elle a écrit ceci, elle a écrit cela : c'est elle qui nous lit les lettres, chaque semaine; et il faut la voir courir au-devant du facteur, le lundi ; dès le matin elle ne tient plus en place. Et j'avoue qu'en ce moment je suis comme elle. Ma chère petite Claire! — Penser qu'il y a trois ans que je ne l'ai vue! Madame et mademoiselle sont allées la chercher à la gare voisine. Pourvu qu'il ne leur soit rien arrivé en route; la grise a beau être une bonne et brave jument pas méchante pour un sou; mais, quand c'est mademoiselle Alice qui conduit, je ne suis jamais tranquille. (Prêtant l'oreille.) J'entends les grelots. Ce sont elles. Ah! que c'est drôle, voilà que le cœur me bat! J'ai des larmes plein les yeux; je pleure, comme lorsqu'elle est partie ; mais ce ne sont pas les mêmes larmes.

SCÈNE II

NANON, ALICE, puis CLAIRE et MADAME BERNIER.

ALICE, ouvrant vivement la porte du fond et courant à
Nanon.

La voilà! la voilà!

NANON.

Vrai!

ALICE.

Elle aide grand'mère à descendre de voiture.
Moi j'ai couru devant pour te prévenir. Tu vas
la voir ma chère Claire, comme elle est belle et
bien mise donc! (Courant à la porte.) Les voilà! les
voilà!

Claire entre doucement donnant le bras à madame Bernier.

Claire se tient droite, les lèvres un peu pincées, l'air
grave.

CLAIRE, à Alice.

Es-tu folle de nous laisser ainsi!

Nanon la considère toute surprise, n'osant avancer.

ALICE.

Il fallait bien que je prévinsse Nanon!

CLAIRE.

Ah! (Un peu froidement.) Bonjour, Nanon!

Elle lui tend la main.

ALICE, à Nanon.

Eh bien! tu n'embrasses pas ma sœur!

NANON, encore interdite de l'entrée de Claire.

Dame! je ne demande pas mieux, moi, si elle veut bien...

Claire lui tend la joue, elle l'embrasse.

MADAME BERNIER.

Comment, si 'elle veut bien! Vois-tu, ma chère Claire, c'est ta vue qui la trouble ainsi : depuis que tu nous as annoncé ton arrivée, ma pauvre Nanon en a presque perdu la tête.

ALICE.

Et maintenant à table! Je meurs de faim. Et Claire aussi doit mourir de faim! (S'arrêtant.) Ah! j'oubliais! Et la grise qui est là, dans la cour, encore attelée!...

NANON.

Ne vous dérangez pas, mademoiselle Alice, je

vais la dételer moi-même, et la ramener dans son écurie. Ça me connaît. (En s'en allant, à part.) On nous l'a changée, à Paris; c'est pas possible!

SCÈNE III

ALICE, CLAIRE, MADAME BERNIER.

ALICE, courant à la table.

Plaçons-nous vite, en attendant; grand'mère ici, Claire là, moi à côté de ma sœur et Nanon à sa place habituelle.

CLAIRE, étonnée.

Ah! Nanon mange avec nous?

MADAME BERNIER, la regardant surprise.

Et où donc veux-tu qu'elle mange?

ALICE.

Tu ne te souviens donc plus?

CLAIRE.

Si. Mais j'avoue que j'ai un peu perdu les habitudes d'ici.

MADAME BERNIER.

Quelles habitudes as-tu donc prises, là-bas?

CLAIRE.

Aucunes, bonne maman. Mettez que je n'aie
rien dit.

MADAME BERNIER.

Nanon vous a vues naître toutes deux; voilà
trente ans qu'elle est à mon service. Elle est donc
de la famille, et tu ne voudrais pas, je suppose, que
nous la traitions autrement?...

ALICE.

Tu verras d'ailleurs la bonne cuisine qu'elle
nous a faite, en ton honneur. Voilà trois jours
qu'elle ne fait que penser à ça! Et moi-même je
t'ai préparé une surprise, oh! mais une surprise!

MADAME BERNIER.

Petite folle, va! (A Claire, en s'asseyant.) Ah! c'est
égal, mon enfant, tu as bien fait d'arriver. Vrai,
je languissais trop!

ALICE.

Et moi, donc!

MADAME BERNIER.

Et quand on est vieille comme moi, les années
comptent double et le temps vous est mesuré.

1.

CLAIRE.

Oh! bonne maman!

MADAME BERNIER.

Voilà deux longues années que tu n'étais plus revenue! Les lettres, c'est bien : mais elles ne satisfont pas tout le cœur! Certes nous les lisions et les relisions, le soir, au coin du feu; mais elles faisaient souvent nos regrets plus vifs et nos journées plus tristes!

CLAIRE.

Vous savez bien qu'il m'était impossible de revenir!

MADAME BERNIER.

Oui! je sais! C'est bien loin la grande ville, là-bas, qui prend les enfants aux vieilles grand'-mères et les laisse vieillir seules près du foyer désert! C'est bien long le voyage et bien coû-teux aussi! Mais que veux-tu? L'amour des mères est égoïste, et moi je vous aime double-ment, puisque la vôtre n'est plus et que je suis restée toute seule pour vous aimer et pour elle et pour moi.

CLAIRE, l'embrassant.

Bonne maman!...

ALICE, même jeu.

Grand'mère!...

MADAME BERNIER.

Chères petites! je sais bien que je ne devrais pas pleurer aujourd'hui? Je suis trop joyeuse, puisque mon enfant m'est rendue! Mais que voulez-vous? Nous sommes ainsi faits que les larmes nous viennent aux yeux pour la douleur comme pour la joie! Et si je pleure un peu, en vous serrant là, sur mon cœur, toutes les deux, mes enfants, c'est que je suis heureuse! Oui, bien heureuse! C'est si triste et si long l'absence! C'est si bon et si doux le retour!

Elle les embrasse.

SCÈNE IV

CLAIRE, ALICE, MADAME BERNIER, NANON.

ALICE.

Et voilà Nanon! on va pouvoir servir.

MADAME BERNIER.

Claire doit avoir faim, la pauvre petite!

CLAIRE.

J'ai pris un peu de café, ce matin.

ALICE, en s'asseyant.

Et figure-toi, Nanon, qu'elle est restée toute une nuit en chemin de fer. Quel voyage, hein! Le bout du monde.

CLAIRE, souriant, et même jeu.

Oh! le bout du monde! pas tout à fait, petite sœur!

ALICE.

Ah! dame, je ne sais pas, moi. Je n'ai jamais été plus loin qu'à une heure d'ici, avec grand'-mère, et même que Nanon n'était pas rassurée du tout quand le train s'est mis en marche. (A Nanon qui apporte la soupière.) Te le rappelles-tu?

NANON.

Oui, mademoiselle.

MADAME BERNIER, découvrant la soupière.

Oh! Quel parfum! Nanon s'est décidément distinguée. La soupe de ménage, ma petite Claire, la soupe de la maison, qu'on est si heureux de retrouver, disent ceux qui sont loin!

Elles mangent.

ALICE.

Avec cela, que vous étiez peut-être mal nour-
ries, là-bas.

CLAIRE.

Mais pas du tout, petite sœur. On mangeait fort
bien dans notre pension; madame de Lasseny, la
directrice, était même fort difficile à ce sujet.

MADAME BERNIER, souriant.

C'était sans doute meilleur que chez nous !...

CLAIRE.

Oh! bonne maman.

ALICE.

Puis tu devais avoir tant à travailler!

CLAIRE.

Cela, oui! Mais c'est si bon d'apprendre! C'est
si beau de savoir!

ALICE, naïvement.

Et tu sais... beaucoup?

CLAIRE, souriant.

Autant que j'ai pu en apprendre.

MADAME BERNIER, souriant.

Alice ne pourrait peut-être pas nous en dire autant?

ALICE.

Dame! grand'mère, que voulez-vous? Ma sœur a tout pris pour elle; elle a toujours été la plus savante de la famille et ne m'a rien laissé à apprendre.

MADAME BERNIER, la menaçant du doigt.

Et tu n'en es pas fâchée, j'en suis bien certaine !

CLAIRE.

C'est pourtant bien vilain de ne rien savoir !

ALICE.

Oh! mais, je sais pas mal de choses déjà : ainsi je fais très bien la tisane de grand'mère, quand elle est enrhumée.

MADAME BERNIER, souriant.

Elle est même très bonne, je le reconnais. Mais voyons, Claire, parle-nous un peu de toi maintenant. Nous avons tant à nous dire... Tu dois avoir tant de choses à nous raconter...

CLAIRE.

Oh! notre vie, là-bas, était bien simple. Le jour, l'on travaillait; le soir, pour se distraire, on faisait de la musique dans le grand salon, l'on jouait du piano, l'on chantait. On dansait même quelquefois.

ALICE.

On danse aussi ici le dimanche.

CLAIRE, dédaigneuse.

Oh! ce n'est pas la même chose!

ALICE.

Ah!

CLAIRE.

Puis le jour de la distribution des prix, il y avait un grand dîner auquel étaient invités les parents des élèves les plus riches.

MADAME BERNIER.

Et les autres on ne les invitait pas?

CLAIRE.

Non, l'on n'y pensait même pas.

MADAME BERNIER.

Tant pis pour ta maîtresse de pension alors : elle pouvait être savante, c'est possible; mais elle manquait sûrement de cœur! (A Alice qui cause bas avec Nanon.) Eh bien! qu'est-ce que vous avez à chuchoter encore toutes les deux?

ALICE.

Chut! (A Nanon.) C'est le moment.

MADAME BERNIER.

Quoi donc?

ALICE.

Ma surprise! (A Nanon qui apporte le plat.) Doucement, ma bonne Nanon, doucement, ne renverse
rien.

MADAME BERNIER.

Est-elle enfant!

NANON, posant le plat sur la table.

Voilà la surprise.

CLAIRE.

Voyons. (Elle découvre le plat.) Oh! qu'est-ce que
c'est que cette affreuse bouillie?

ALICE.

Mais... des œufs à la neige.

CLAIRE.

Ça?

NANON, consternée.

Ça n'a pas tenu!

ALICE, idem.

Mes pauvres œufs!

MADAME BERNIER.

Eh bien! quoi! tu ne vas pas te désoler pour si peu de chose, j'espère!... Tu voulais faire une surprise à ta sœur... Une autre fois tu la réussiras mieux. D'ailleurs ils sont peut-être bons, malgré l'accident. Je veux y goûter.

ALICE.

Non, je ne veux pas qu'on y goûte!

NANON, à part.

Pauvre petite!

Elle emporte le plat.

CLAIRE, riant.

Je t'apprendrai à les faire.

MADAME BERNIER, se levant.

Vous avez d'ailleurs à vous préparer, maintenant. Nous avons tous nos amis à visiter. Ils nous attendent et il faut se hâter.

CLAIRE, idem.

Comment, bonne maman, vous allez me promener dans tout le village?

MADAME BERNIER.

Te promener ?

CLAIRE.

Je suis un peu lasse.

MADAME BERNIER.

Ah !

CLAIRE.

Et si nous pouvions remettre à demain ces visites...

MADAME BERNIER, la regardant.

Comme tu voudras.

CLAIRE.

Des villageois, d'ailleurs : ils ne se fâcheront pas !

MADAME BERNIER. (Nanon aide Alice à enlever la table pendant ce temps.)

Ce sont des amis, ma chère Claire.

CLAIRE.

Oh! des amis!... Ils ne sont plus guère les miens. Nous ne nous comprendrions plus guère. (Vivement, sur un mouvement de madame Bernier.) Vous m'excuserez auprès d'eux.

MADAME BERNIER.

C'est ce que je vais faire auprès de nos voisins, tout au moins, car ils nous ont vues arriver, et

même au village, ma chère enfant, on se doit cer-
tains égards et certaines politesses des uns aux
autres.

CLAIRE.

Vous êtes fâchée !

MADAME BERNIER.

Moi, pas du tout, mon enfant. Tu nous arrives
de Paris plus savante que nous tous ; tu as appris
des choses que nous ne soupçonnons même pas.
Tu dois savoir ce qu'on doit faire en toutes cir-
constances. Repose-toi donc en nous attendant.
(A Alice.) Viens, Alice : tu m'accompagneras !

ALICE.

Voilà, grand'mère. (A part.) Mes pauvres œufs
à la neige !... elle ne les a même pas regardés !

Madame Bernier sort avec Alice.

SCÈNE V

CLAIRE, NANON.

Nanon achève de ranger les couverts et les assiettes dans le
buffet.

CLAIRE, à part.

Ah ! Elles me le disaient bien, mes amies de la

pension: vous aurez à souffrir dès votre arrivée.
— Cela faisait pourtant plaisir à bonne maman
que je l'accompagne! J'aurais peut-être dû le
faire, pour elle?... C'eût été vite fini!... Mais aussi,
j'en aurais eu pour toute la journée d'embrassa-
des et de questions! Et je me demande maintenant quelles compagnes je vais trouver ici: des
jeunes filles, sans instruction, n'ayant, ni mes
goûts, ni mes idées; avec lesquelles je ne pourrai
causer d'aucune chose intéressante. Est-ce étrange
tout de même! Voilà deux ans que je n'étais plus
revenue ici, et de loin je pensais avec joie au
retour; puis, quand ce jour est arrivé, à l'idée
de me retrouver ici, près de bonne maman, près
des miens, j'en ai eu le cœur tout ému; j'étais
heureuse, j'en pleurais de joie! En même temps,
à mesure que je m'éloignais de là-bas, quelque
chose comme un regret me venait, en pensant à
la vie que je quittais et à celle qui m'attendait
ici. (Elle se retourne et aperçoit Nanon.) Savez-vous où
est ma chambre?

NANON, montrant la droite.

Par là, mademoiselle, à côté de celle de mademoiselle Alice.

CLAIRE.

Merci.

NANON, doucement.

Et à ce propos, mademoiselle Claire, voulez·
vous me permettre de vous dire un mot?

CLAIRE, qui se disposait à sortir, s'arrêtant.

A moi?

NANON.

Oui, au sujet de mademoiselle Alice, de cette
pauvre petite, qui s'était fait une si grande joie de
vous servir un plat de sa façon, et à laquelle vous
auriez bien dû dire un mot de consolation, car la
chère enfant avait le cœur bien gros, croyez-
moi! Elle a la tête un peu folle, c'est possible,
mais elle a aussi le cœur bien sensible.

CLAIRE.

C'est une leçon que vous voulez me donner?

NANON.

Moi, mademoiselle?

CLAIRE.

Je vous préviens qu'elle serait la mal venue.

NANON, s'arrêtant interdite.

C'est à moi que vous parlez ainsi, à votre vieille

Nanon, qui vous a tenue sur ses genoux, pas plus
grande que ça !...

CLAIRE.

Le mieux alors est de ne jamais oublier que les
enfants grandissent, et qu'on ne peut pas toujours
agir avec eux comme lorsqu'ils étaient petits.

Elle sort.

NANON.

Oh!

Elle la regarde s'éloigner, puis se met à pleurer.

SCÈNE VI

NANON, seule.

Ah! la sans-cœur! C'est pas possible! On nous
l'a changée là-bas, dans cette méchante ville! Elle
peut bien être revenue savante : il ne lui est rien
resté là! (Elle se frappe la poitrine.) Je l'ai bien vue
dès son entrée, avec son air froid, son air de
Paris. Oh! l'ingrate! Moi qui l'aimais tant!

Elle s'assied sur une chaise et pleure.

SCÈNE VII

NANON et ALICE, entrant.

Nanon! (Allant à elle.) Ah! mon Dieu, qu'est-ce
que tu as? tu pleures. Que t'est-il arrivé?

NANON.

Oh! rien du tout, mademoiselle Alice; des idées,
qui me sont venues et qui m'ont attristée.

ALICE.

Mais ce sont de vraies larmes que tu verses?

NANON, essuyant ses yeux.

Non!

ALICE.

Je te dis que si. Je le vois bien, moi; on t'a fait
quelque chose.

NANON.

Chère petite! Ce n'est rien, va. Les vieilles gens,
vois-tu, ça se fait souvent des idées, ça rêve
des choses impossibles! Mais on en est quitte
pour ne plus y penser.

ALICE.

C'est peut-être ma sœur Claire qui t'a fait de la peine?

NANON.

Oh! qu'allez-vous penser, mademoiselle Alice? C'est moi qui ai eu tort de vouloir lui faire une observation.

ALICE, comme à elle-même.

Et moi qui me faisais une si grande fête de son arrivée! J'étais si heureuse, je comptais les jours, les heures, et voilà que maintenant depuis qu'elle est là, j'ai le cœur gros, et j'ai moi aussi des envies de pleurer. Dis, Nanon, est-ce qu'on est comme cela, lorsqu'on revient de Paris?

NANON.

Je ne sais pas, mais mademoiselle Claire est maintenant très savante et peut-être que c'est nous qui sommes trop ignorants pour elle.

ALICE, comme à elle-même.

Elle était si bonne pourtant, ma sœur Claire!...

Madame Bernier est entrée depuis un instant et les écoute.

SCÈNE VIII

NANON, ALICE, MADAME BERNIER, entrant.

MADAME BERNIER.

Tu vas, ma chère petite, entrer dans sa chambre et lui dire que je désire lui parler. (A Alice.)
Va, puis tu iras aider Nanon, pendant que je
causerai quelques instants avec Claire. (Alice sort.)
(A Nanon.) Et toi, ma vieille Nanon, essuie-moi
vite tes yeux rouges.

NANON.

Mais je n'ai pas pleuré!

MADAME BERNIER.

Peut-être. J'ai entendu ce que tu disais à
Alice, et ce dont je suis sûre, c'est que Claire a
dû te faire de la peine ?

NANON.

Vous n'allez pas la gronder pourtant?

MADAME BERNIER.

Tu vois bien que j'avais raison!... sois tranquille... je ne te demande même pas ce qui s'est

passé; seulement, il faut que je cause avec Claire.
(La voyant entrer.) Va, ma bonne Nanon.

Nanon sort en secouant la tête et en regardant Claire.

SCÈNE IX

CLAIRE, MADAME BERNIER.

CLAIRE.

Vous m'avez fait demander, grand'mère?

MADAME BERNIER.

Oui, mon enfant. Assieds-toi là, près de moi.
Nous avons à causer.

CLAIRE, surprise.

A causer?

MADAME BERNIER.

Oui, et c'est simplement, franchement, que
nous allons le faire. Je ne te demande que de me
répondre avec ton cœur.

CLAIRE, souriant.

Mon Dieu, grand'mère, quel ton solennel!
C'est donc bien grave ce que vous avez à me dire?

MADAME BERNIER.

Non. Seulement, voici deux ans que tu n'es plus

revenue ici... Voici, à vrai dire, six ans que tu ne
vis plus de notre vie à nous, et peut-être que
sans le vouloir, nous n'avons pas sur certaines
choses les mêmes idées.

CLAIRE.

Je comprends... Vous m'en voulez encore de ne
pas vous avoir accompagnée, tout à l'heure?

MADAME BERNIER.

Non. Pourquoi ? Tu as fait ce que tu as cru
devoir faire. Tu es plus savante que nous toutes;
et mieux que nous tu dois savoir ce qui est bien
ou ce qui est mal. Mais en rentrant tout à l'heure,
j'ai vu notre vieille Nanon qui venait de pleurer.

CLAIRE, vivement.

Elle s'est donc plainte de ce que je lui ai dit ?

MADAME BERNIER.

Tu lui as donc dit quelque chose ? Quoi donc ?

CLAIRE.

Eh bien ! je lui ai dit que je n'aimais pas les
observations.

MADAME BERNIER.

Et à quel propos t'en faisait-elle ?

CLAIRE.

Mais à propos d'Alice et de ses œufs à la neige,

que j'avais eu le tort, d'aprés elle, de ne pas trouver délicieux.

MADAME BERNIER.

Cela t'aurait peu coûté, entre nous, et tu aurais fait grand plaisir à cette pauvre petite qui
depuis huit jours cherchait dans sa tête une surprise à te faire. En toutes choses, ma chère enfant, c'est par l'intention qu'il faut juger, et c'est
avec le cœur qu'il faut répondre. D'ailleurs,
écoute-moi, car je vais te parler franchement à mon
tour : dès ton entrée ici, je t'ai trouvée un peu
changée... Tu m'as véritablement fait de la peine.

CLAIRE, vivement.

Moi, grand'mére, moi qui vous aime tant!

MADAME BERNIER.

Tu semblais ne plus comprendre certaines choses !... L'orgueil, ma chère enfant, est un vilain
défaut.

CLAIRE.

Mais je ne suis pas orgueilleuse, grand'mére!

MADAME BERNIER, continuant.

Car personne, vois-tu, ne peut jamais connaître
le sort que l'avenir lui réserve, et, tu l'as sans

doute appris à ta pension : il n'est si petit dont
on ne puisse avoir besoin. — Et à ce propos je veux
te raconter une histoire — elle t'intéressera. Un
jour, une maman vint à mourir laissant deux petites filles, auxquelles il ne restait pour toute famille qu'une grand'mère déjà vieille...

CLAIRE, étonnée.

Comme nous.

MADAME BERNIER.

Oui, comme vous. — Heureusement que la
grand'mère avait à son service une brave fille, de
bon courage et de grand cœur, qui l'aida dans sa
tâche avec un admirable dévouement. — La
grand'mère soutenait à ce moment un procès
dont dépendait toute sa petite fortune et voilà —
dans la vie, vois-tu bien, une douleur n'arrive
jamais seule ! — voilà, dis-je, qu'un matin, elle
reçut une lettre lui annonçant que son procès
était perdu. Elle était ruinée. Elle se voyait seule,
avec ses deux petites filles, ne sachant comment
elle les élèverait.

CLAIRE.

Oh ! pauvre femme !

MADAME BERNIER.

Elle prévint sa servante qu'elle la laissait li-

2.

bre de se chercher une autre place, puisqu'elle
n'avait plus les moyens de lui payer ses gages.
Mais celle-ci ne voulut rien entendre. — Elle
était attachée à sa maîtresse, et elle adorait les
deux enfants, comme s'ils eussent été à elle. Elle
resta quand même, ne voulant rien accepter. Et
comme la grand'mère, brisée par toutes ses émo-
tions, était tombée malade, tout en la veillant,
tout en soignant les petites, elle trouvait encore
moyen, la nuit, de faire des travaux de couture,
qui lui permettaient d'acheter parfois un joujou
quelconque pour les enfants.

CLAIRE.

Oh ! le brave cœur !

MADAME BERNIER.

N'est-ce pas ? Son dévouement fut admirable !
silencieux, sans ostentation, mais complet et
inébranlable. Heureusement que le bonheur revint. Le procès, d'abord perdu, fut gagné devant
de nouveaux juges.

CLAIRE.

Et on donna une récompense à la servante ?

MADAME BERNIER.

Elle n'en voulut aucune ; elle ne demandait

qu'une chose, rester toujours dans la maison que
son dévouement avait faite sienne, dans cette famille dont elle faisait, dès ce jour, partie, de par
les droits saints et sacrés de la reconnaissance et
du cœur. Tu te demandes maintenant pourquoi
je t'ai conté cette histoire ? — C'est que tu es
à l'âge où tu dois la connaître ; car la vieille
grand'mère c'était moi !

CLAIRE.

Vous !

MADAME BERNIER, continuant.

Les deux petites filles, ta sœur et toi ; et la
vieille servante...

CLAIRE, avec un cri.

Nanon !...

MADAME BERNIER.

Oui, Nanon ! et j'ai voulu que tu saches cela,
pour qu'à ton tour tu comprennes la dette con-
tractée, et que tu l'apprennes, toi aussi, à ta sœur,
quand elle sera plus grande.

CLAIRE, avec un cri.

Grand'mère, pardonnez-moi !

MADAME BERNIER.

Mon enfant !...

CLAIRE.

Oui, pardonnez-moi. Je comprends tout et vous remercie. C'est vrai, j'ai eu un moment d'orgueil et je m'en accuse. Mais, soyez tranquille, cette folie d'un instant s'en est allée pour toujours, et je deviendrai bonne comme vous.

MADAME BERNIER, souriant et l'embrassant.

Tu n'auras qu'à être ce que tu as toujours été, mon enfant; je savais bien que ton cœur n'avait pu changer. L'air de la maison paternelle, vois-tu, est un air béni qui purifie toutes les choses, et qui, chassant les mauvaises pensées, vous refait l'âme bonne et juste et vous remet au cœur les anciennes et les meilleures joies.

La porte du fond s'ouvre, Nanon et Alice paraissent.

SCÈNE X

CLAIRE, MADAME BERNIER, NANON, ALICE.

CLAIRE, courant à Nanon.

Nanon, ma bonne Nanon, pardonne-moi à ton tour! Je t'aime; je sais tout!

NANON.

Mademoiselle Claire...

CLAIRE.

Non, pas mademoiselle ! Claire, comme jadis, comme toujours, brave cœur ; je connais maintenant ton dévouement.

NANON, à madame Bernier.

Oh ! madame, pourquoi lui avoir raconté cela ?...

CLAIRE.

Veux-tu m'embrasser, dis ?

NANON.

Chère enfant !... Je le disais bien que c'était le meilleur cœur du monde !

Elle embrasse Claire.

CLAIRE.

Et toi, Alice, veux-tu me faire un plaisir ? — Ce soir, tu me referas des œufs à la neige.

ALICE.

Mais tu ne les aimes pas !...

CLAIRE.

Au contraire. — C'était pour rire que je disais ʒla, ce matin. Je les adore !...

ALICE.

Vrai ! Oh ! quel bonheur !

CLAIRE, à madame Bernier.

Et vous, grand'mère, si vous voulez (Tout bas.) me pardonner tout à fait, conduisez-moi chez nos amis, que j'aille vitement embrasser tout le monde, et refaire connaissance avec toutes mes compagnes d'autrefois.

MADAME BERNIER.

Nous irons demain, mon enfant.

ALICE, à Nanon qui essuie ses yeux.

Allons bon ! tu pleures encore ; tu ne fais que ça !...

NANON.

Oui ! mais cette fois-ci, je suis bien sûre que ce sont des larmes de joie. Et ces larmes-là ne vous font pas du mal, au contraire !...

CLAIRE, à Alice.

Et nous travaillerons ensemble, petite sœur. — Je veux que tu sois bientôt plus savante que moi.

MADAME BERNIER.

Sans oublier ceci, mes enfants, que savoir est une belle chose, mais qu'il faut à la science joindre la modestie qui la fait aimer et le cœur qui la fait valoir.

Rideau.

UN BON PLACEMENT

COMÉDIE EN UN ACTE

PERSONNAGES

LA MARQUISE
BERTHE, sa filleule.
LUCETTE, jeune paysanne.

Costumes du XVIIIe siècle.

———

UN BON PLACEMENT

Un sa'on. — A droite, un petit meuble fermant à clef; — à
gauche, une fenêtre. — Au fond, la porte d'entrée; —
à droite, porte conduisant à une pièce voisine.

SCÈNE PREMIÈRE

Au lever du rideau, la marquise est assise; à côté d'elle, Berthe, tenant dans ses mains une petite bourse qu'elle ne
cesse de regarder.

BERTHE.

Et tout cet argent est pour moi, marraine?

LA MARQUISE.

Oui, mon enfant.

BERTHE.

Je peux en faire ce que je voudrai ?

LA MARQUISE.

Tu peux t'en servir à ta guise. Tu es entière-
ment libre. Te voilà grande d'ailleurs, et je ne
doute point que tu n'en fasses un bon et digne
usage.

BERTHE.

Comme vous êtes bonne! Et que je vous aime !

               Elle l'embrasse.

LA MARQUISE, souriant.

C'est bon, petite flatteuse que vous êtes ; m'est
avis que vous m'aimez aujourd'hui davantage!...

BERTHE.

Oh! si on peut dire... méchante marraine!...

LA MARQUISE.

Non... Mets que je n'ai rien dit. Va, sois sans
crainte. Je sais tout ce qu'il y a de bien et de bon
là-dedans. (Elle lui montre son cœur.) Je sais même
les petits défauts qui s'y glissent parfois. — Tu
sais, mignonne, que les vieilles gens sont un peu
sorciers; mais, dans la vie, vois-tu, la meilleure
manière d'être heureux et de rendre heureux

ceux qui nous aiment, c'est de n'écouter jamais
sa tête et d'écouter toujours son cœur. Ainsi,
mon enfant, j'aurais pu t'offrir un autre cadeau,
un collier, un bracelet, une robe! Mais j'ai préféré te laisser libre dans ton choix; je veux
savoir comment tu emploieras ton premier argent. Je veux connaître le placement que tu en
feras !

BERTHE.

Et pourquoi, marraine?

LA MARQUISE, se levant et lui tapotant la joue.

Ah! ceci, c'est mon secret, fillette; et vous ne
m'en voudrez pas de ne point encore vous le dire.

BERTHE.

Je peux donc, avec cet argent, acheter beaucoup de choses?

LA MARQUISE.

Tu peux acheter tout ce que tu voudras. Te
voilà riche maintenant.

BERTHE, comme se parlant à elle-même.

Ce sera difficile !...

LA MARQUISE.

Quoi donc?

BERTHE.

Le choix à faire! On désire tant de choses!

LA MARQUISE.

Ah! dame! Ceci te regarde; mais n'oublie pas que tes amies doivent venir te voir à l'occasion de ta fête. Dans ta joie, tu as tout oublié : même de leur faire préparer la collation dont tu me parlais hier encore. T'en souviens-tu? Tu voulais descendre toi-même à la cuisine et leur confectionner, de tes propres mains, le fameux gâteau qu'on t'a appris à faire au couvent.

BERTHE.

C'est vrai, marraine, ... et je vais....

LA MARQUISE.

Non, — reste là. Je vais donner moi-même les ordres nécessaires. Tu as d'ailleurs ta toilette à terminer, car l'heure presse et le temps marche. Tu sonneras dès que tu voudras être coiffée. Je veux que tu sois belle, très belle : la coquetterie est de ton âge, et ce n'est point un bien gros défaut. M. l'abbé de Chenoncey nous disait toujours en riant que la coquetterie était le seul défaut sur lequel le bon Dieu fermait parfois les

yeux. (Embrassant Berthe au front.) A tout-à l'heure,
ma chère enfant.

BERTHE.

A tout à l'heure, ma bonne marraine.

La marquise sort.

SCÈNE II

BERTHE. Elle va au petit meuble, l'ouvre, verse sur la
tablette l'argent que contient sa bourse, et l'étale.

Une, deux, trois, quatre, cinq! cinq pièces
d'or, et toutes neuves encore! Brillent-elles! On
dirait des petits soleils. — Et dire qu'avec ceci,
je peux avoir tant de choses! Voyons, que puis-je
bien choisir?... Des bijoux! Un collier de belles
perles blanches, comme celui de Marie de Solan-
ges? Cela fait bien autour du cou, et j'ai entendu
toutes mes amies en désirer un semblable. Pourtant un bracelet, c'est gentil aussi; un bracelet
d'or, avec un joli fermoir émaillé! Et une robe,
une superbe robe de soie, à grands ramages,
comme ma cousine de Puymarin: ce n'est pas à

dédaigner non plus. Je me rappelle, lorsqu'elle
est entrée dans le salon : tout le monde l'a com-
plimentée sur sa toilette. Et de fait, sa robe était
exquise. — Ah! qu'il est donc difficile de choisir!
Tout vous plaît, et on craint toujours que ce
soit justement ce qu'on laisse qui vous plaise
le plus; prête à se décider, on regrette déjà, ...
Mais j'y pense! Si j'offrais un bal à mes amies?
Cela se fait, maintenant, et le plaisir serait pour
toutes. Oui, mais pour moi, que m'en resterait-il?
Et puis, des bals, on en donne partout; et je me
trompe encore quelquefois dans le menuet, au
moment de la révérence. — Il faut pourtant que
je me décide. Je n'aurais jamais cru que cela fût
si embarrassant! (On frappe à la porte du fond.) Tiens!
qui vient là? Sans doute la femme de chambre
que ma marraine m'envoie... Entrez. (On frappe
encore.) Entrez donc!...

SCÈNE III

BERTHE, LUCETTE.

La porte du fond s'ouvre et Lucette paraît. Timidement, elle s'arrête sur le seuil, n'osant avancer; elle tient un panier à la main.

BERTHE, sans se retourner.

C'est vous, Marton?

LUCETTE, timidement.

Non, mademoiselle. Ce n'est pas Marton, c'est moi.

BERTHE, se retournant étonnée.

Qui donc? Ah! c'est toi, Lucette!

LUCETTE, saluant.

Moi-même, mademoiselle, pour vous servir. J'apporte ce panier de fruits pour madame la marquise, et comme la mère m'avait bien recommandé de le remettre moi-même, j'ai demandé, à l'office, où était madame. On m'a dit qu'elle était avec vous. Alors, sans façon, je suis venue, j'ai frappé, et me voilà.

3.

BERTHE, allant au panier.

Et qu'est-ce que tu apportes?

LUCETTE, découvrant son panier.

De belles pêches, les premières, mademoiselle Berthe! Dès que la mère les a vues mûres à point, vitement elle est allée les cueillir : « elles seront pour madame et pour mademoiselle, » a-t-elle dit. Elle m'a donc préparé mon panier, et je me suis aussitôt mise en route. N'est-ce pas qu'elles sont belles?

BERTHE.

Superbes !

LUCETTE.

Et veloutées donc ! Et roses ! et vermeilles ! — Par instant on les dirait dorées.

BERTHE.

C'est gentil d'avoir pensé à nous !

LUCETTE.

Dame! c'est tout naturel quand on a de bons maîtres. On n'est jamais plus content et plus heureux que lorsqu'on peut les remercier et leur prouver un peu sa reconnaissance.

BERTHE.

Tu es une brave fille, Lucette.

LUCETTE.

Je fais mon possible pour cela. Et maintenant, mademoiselle Berthe, que je vous ai vue, dites-moi où je pourrai trouver madame la marquise, pour que, après lui avoir fait mes compliments, je puisse aussitôt m'en retourner à la ferme.

BERTHE.

Tu es donc bien pressée ?

LUCETTE.

Oh! oui, mademoiselle.

BERTHE.

On t'attend chez toi?

LUCETTE.

Non, pas chez moi, mais chez la mère Renaude, cette pauvre chère femme, dont vous devez vous souvenir.

BERTHE, cherchant.

Attends donc ! n'est-ce pas cette petite vieille qui nous racontait toujours de si belles histoires?

LUCETTE.

Parfaitement, mademoiselle. Ah! c'est qu'elle
en savait toujours; et toujours de plus belles et
de plus nouvelles. On ne se lassait pas de l'entendre. Elle parlait, ma foi, presque aussi bien
que notre curé.

BERTHE, souriant.

Vraiment!

LUCETTE.

D'ailleurs, on raconte dans le village, que
la Renaude n'a pas toujours été la pauvre femme
qu'on connaît. Les vieux disent qu'elle a été
presque riche autrefois; elle avait été élevée, pa-
raît-il, avec la fille d'une grande dame, qui
l'avait prise en affection et voulait la garder auprès d'elle. Mais voilà que malheureusement la
grande dame mourut, et sa fille fut emmenée très
loin par des parents inconnus. Et la Renaude
resta toute seule auprès de sa mère, avec une
petite somme que sa protectrice lui avait laissée
en mourant. Mais des maladies survinrent, puis
des pertes, si bien qu'un beau jour la Renaude
n'eut plus rien et dut se mettre à l'ouvrage pour
vivre; elle s'y mit le plus bravement possible,

luttant de toutes ses forces, et avec cela toujours bonne, ne se plaignant jamais, rendant service à tous, aux grands comme aux petits, et aimée aussi de tout le monde. — Vous souvenez-vous quelle joie, lorsqu'elle entrait dans la ferme ! tous les enfants couraient à elle pour l'embrasser. Hélas ! la pauvre chère femme ne racontera plus de long-temps ses belles histoires aux petits.

BERTHE.

Et pourquoi ? Que lui est-il donc arrivé ?

LUCETTE.

La maladie, mademoiselle, une affreuse mala-die qui l'a prise un matin, il y a quinze jours, et l'a couchée dans son lit. Elle ne peut plus bouger ni bras ni jambes, et la pauvre vieille femme se lamente, ne sachant pas si elle aura du pain à manger le lendemain. Et c'est affreux, ma-demoiselle, la misère, à cet âge ! Tant qu'on est bien portant, cela va encore, mais quand la mala-die arrive et vous cloue sur un lit, toute seule dans une grande pièce nue, sans feu, avec la huche vide, alors c'est terrible ! Je sais bien que chez les voisins, chacun s'est empressé de lui venir en aide ; mais quand on a peu, l'aide que l'on apporte est bien peu de chose.

BERTHE.

Pauvre femme !

LUCETTE.

Et ce n'est pas tout, allez. — Voilà que maintenant, elle ne peut plus payer son loyer. Les
hommes de loi sont venus, de vilains hommes,
habillés tout de noir ; et il parait qu'il faudra
qu'elle s'en aille.

BERTHE.

Comment ?

LUCETTE.

Oui, mademoiselle. Même malade, il faudra
qu'elle abandonne sa maison. Et cet abandon-là
fera plus que la maladie : cela la tuera.

BERTHE.

Oh !

LUCETTE.

Je le sais bien, moi, qui l'entends souvent
parler. Hier encore, elle disait qu'elle ne pourrait
se résoudre à quitter cette maison où elle avait si
longtemps vécu. Les vieilles gens s'attachent aux
choses qui les entourent. Elle regardait un à un
ses pauvres meubles ; elle leur parlait ni plus ni

moins, voyez-vous, qu'à des personnes naturelles. Et elle pleurait, fallait la voir ! Et c'est bien triste, allez, des larmes de vieille femme ! Ça fendait le cœur. Et tenez, v'là que vous pleurez, vous aussi ; vous voyez bien !

BERTHE.

Tu as raison, Lucette. A cet âge, être si malheu-reux, c'est bien triste !

LUCETTE.

Aussi vais-je vous quitter bien vite et retrouver cette pauvre chère femme, car notre aide, à tous, est maintenant sa seule consolation. Cela lui prouve au moins qu'on ne l'oublie pas.

BERTHE.

Et que faudrait-il pour la sauver ?

LUCETTE.

Ce que nous n'avons, ni les unes ni les autres : de l'argent.

BERTHE, allant au petit meuble, et prenant la bourse qu'elle y a placée auparavant.

Tiens, prends ceci.

LUCETTE.

De l'or !

BERTHE.

Oui. On ne vendra pas les meubles de la mère Renaude! On ne la chassera pas de sa maison! Et moi (Gaiement.) j'en serai quitte pour mettre une vieille robe. D'autant que je ne savais qu'acheter; me voilà fixée maintenant.

LUCETTE, refusant.

Mais, mademoiselle Berthe...

BERTHE.

Prends donc, te dis-je! Que crains-tu? Cet argent est à moi, bien à moi; j'en peux disposer à mon gré. Ma chère marraine me l'avait donné pour ma fête. Mais prends vite, te dis-je, puisque le temps presse et que la mère Renaude attend.

LUCETTE, prenant la bourse.

Oh! que vous êtes bonne, mademoiselle Berthe. Va-t-elle être heureuse, la pauvre chère femme! Elle ne pleurera plus. C'est bon, n'est-ce pas, de faire des heureux?...

BERTHE.

Oui.

LUCETTE.

Et maintenant, dites-moi bien vite où je trouverai madame la marquise.

BERTHE.

Mais, au grand salon, probablement. Adresse-toi à Marton; elle t'accompagnera, et la préviendra, s'il y a déjà du monde.

LUCETTE, remontant.

C'est cela. (S'arrêtant.) Mais auparavant, mademoiselle Berthe, je voudrais vous demander une chose.

BERTHE.

Quoi donc?

LUCETTE.

Et je n'ose pas.

BERTHE, riant.

Demande toujours!

LUCETTE.

Vous ne m'en voudrez pas au moins?

BERTHE.

Es-tu drôle!

LUCETTE.

Eh bien! mademoiselle Berthe, si c'était un effet de votre bonté, si cela ne vous faisait point trop de peine, dites, voulez-vous que je vous embrasse?

Elle s'arrête, honteuse, baissant la tête.

BERTHE, lui tendant la joue.

Tiens!

LUCETTE, l'embrassant.

Oh ! merci, mademoiselle. Et soyez tranquille, ce baiser-là, je le rapporterai à la mère Renaude, qui serait bien heureuse d'en faire autant. Maintenant, au revoir, je me sauve !

BERTHE.

Et ne perds pas l'argent !...

LUCETTE.

Soyez tranquille. Je me perdrai plutôt moi-même.

Elle sort.

SCÈNE IV

BERTHE, seule.

Elle retourne à sa table, regarde sa bourse vide.

Eh bien ! vrai, je ne regrette rien. Pauvre femme ! Cet argent la sauve... Et moi, que m'eût-il donné? une parure... la joie d'une heure, — et

à elle, ses larmes auraient coulé toujours!...
D'ailleurs, je n'aurais su que choisir. Je n'ai plus
à chercher à présent. Tout ce que je demande
c'est que marraine n'en sache rien. Bah! elle ne
s'en apercevra pas; si elle m'interroge, je répon-
drai que je n'ai rien décidé encore.

La porte s'ouvre, et la marquise paraît tenant un écrin
dans sa main.

SCÈNE V

BERTHE, un peu surprise.

Ah! c'est vous, marraine.

LA MARQUISE.

Comment? Pas encore à notre toilette! Ah!
Berthe, ma mignonne, à quoi pensiez-vous donc?

BERTHE.

Mais à rien, marraine, j'étais là; j'attendais...

LA MARQUISE.

Tu cherchais peut-être encore l'objet à choisir?

BERTHE, vivement.

Oui, c'est cela, marraine, je cherchais.

LA MARQUISE.

Eh bien! moi, je vais peut-être t'aider.

BERTHE.

Comment?

LA MARQUISE, ouvrant l'écrin.

Regarde.

BERTHE.

Oh! le beau collier!

LA MARQUISE.

N'est-ce pas?

BERTHE.

Les perles en sont superbes.

LA MARQUISE.

C'est maître Benoit, notre orfévre, qui me le fait tenir pour voir s'il me plairait. Mais, trop jeune pour moi, je crois qu'il te siérait à merveille. Qu'en dis-tu?

BERTHE.

Moi! mais... je ne sais pas.

LA MARQUISE.

Comment, tu ne sais pas? mais qu'est-ce que tu as donc, mon enfant? Tu me sembles embarrassée!...

BERTHE, hésitant.

Moi... non... j'admire, au contraire, ce collier ;
je le trouve merveilleux.

LA MARQUISE.

Prends-le alors !

BERTHE.

Que je le prenne...

LA MARQUISE, avec un sérieux comique.

Mais oui. Vraiment vous me semblez, Berthe,
ma mie, courir après d'invisibles papillons. Etes-
vous bien certaine d'être là, auprès de moi, avec
un écrin dans la main ?

BERTHE.

Ma bonne marraine !

LA MARQUISE.

Ah ! mais j'y pense... Je devine ce qui te trotte
par la tête, mon enfant. Tu crains que le collier ne soit trop cher. Eh bien ! rassure-toi ; s'il
manque quelque chose dans ta bourse, nous la
compléterons.

BERTHE, avec effort.

Merci, mais vrai, je ne peux pas.

LA MARQUISE.

Comment tu ne peux pas?

BERTHE.

Il ne me plait pas.

LA MARQUISE.

Ce collier ne te plait pas?

BERTHE.

Non.

LA MARQUISE.

Ah! vous êtes difficile, Berthe!

BERTHE, vivement.

Vous êtes fâchée, marraine?

LA MARQUISE.

Non. J'avoue pourtant qu'il m'eût été agréable de vous en voir parée, ce soir.

BERTHE.

Vous voyez bien que vous êtes fâchée, puisque vous ne me tutoyez plus!

LA MARQUISE.

Je vais donc renvoyer le collier à maître Benoît.

BERTHE, avec un soupir.

Oui.

LA MARQUISE.

Si tu préférais autre chose...

BERTHE.

Oh! non.

LA MARQUISE.

Décidément, ma petite, vous êtes par trop difficile, et c'est un vrai défaut que cette coquetterie-là.

BERTHE, elle baisse la tête, avec un soupir et à part.

Il était bien joli pourtant! Eh bien non! je ne
le regrette pas... Si c'était à refaire, je recom-
mencerais.

SCÈNE VI

LA MARQUISE, BERTHE, LUCETTE.

LUCETTE, entrant vivement, puis s'arrêtant, honteuse.

Ah! vous voilà, madame la marquise! Je vous
demande bien pardon d'entrer ainsi sans frapper.
Mais je ne voulais pas partir sans vous avoir fait
ma révérence. La mère et le père m'auraient trop
grondée, quand j'aurais été de retour à la maison.

LA MARQUISE.

C'est donc toi qui me demandais tout à l'heure...

LUGETTE.

Moi-même, avec votre permission, madame la marquise. J'avais déjà vu mademoiselle Berthe.

LA MARQUISE.

Ah!

LUGETTE, voyant que Berthe lui fait signe en cachette, et ne comprenant pas.

Oui, madame, j'avais un panier de pêches à vous remettre; je l'ai déposé à l'office. Et maintenant que voilà ma commission faite, et mes salutations aussi, si vous voulez bien me le permettre, je vais m'en retourner chez nous.

LA MARQUISE.

Et tout le monde se porte bien, là-bas?

LUCETTE.

Vous êtes bien bonne, madame la marquise! Tout le monde va bien. Il n'y a que la pauvre mère Renaude, notre voisine..., vous savez bien, cette vieille femme, qui habitait cette petite maison, à l'entrée même du village...

Même jeu de Berthe, lui faisant signe de ne rien dire.

LUCETTE, ne comprenant pas.

Oui, j'ai raconté tout cela à mademoiselle

Berthe. On allait la chasser de sa maison, cette brave femme; on allait vendre ses meubles et la jeter dans la rue, malade, sans un morceau de pain, et sans un coin pour reposer sa tête ! Heureusement que la voilà sauvée maintenant.

LA MARQUISE.

Sauvée?

LUCETTE.

Oui, c'est pour cela que j'ai hâte d'arriver et de lui annoncer cette bonne nouvelle. Ah ! va-t-elle être contente, la pauvre vieille ! Pour sûr qu'elle croira que vous êtes un ange du bon Dieu, mademoiselle Berthe !

LA MARQUISE.

Que veux-tu dire ?

BERTHE.

Rien, marraine; c'est Lucette qui se trompe.

Même jeu.

LUCETTE.

Que je me trompe? Qu'elle ne croira pas ça? Ah! vous ne la connaissez pas, allez! Mais soir et matin, elle priera pour vous, et nous tous aussi, qui vous aimions tant déjà.

4

LA MARQUISE, à Lucette.

Explique-toi mieux, je ne comprends pas.

BERTHE, suppliante.

Lucette !

LA MARQUISE.

Eh bien ! qu'y a-t-il ? Tu crains qu'elle ne parle !

LUCETTE.

C'est donc mal ce que j'ai dit là ?

LA MARQUISE.

Non, mon enfant, et je désire tout savoir.

LUCETTE.

Oh ! d'autant, madame la marquise, que je le dirai à tout le monde, là-bas. Le bien qu'on nous fait voyez-vous, nous ne pouvons jamais trop nous en souvenir. (Sortant de l'or de sa poche.) Tenez ! voilà ce que m'a donné mademoiselle Berthe, quand je lui ai parlé de la mère Renaude : tout cet argent. Je ne le voulais pas ; mais elle a exigé que je le prenne, — et je l'ai pris.

LA MARQUISE, regardant Berthe, qui baisse les yeux à part.

Je comprends tout. Est-ce vrai, Berthe, tout cela ?

BERTHE.

Oui, marraine. Vous m'avez dit que je pouvais,
à mon gré, disposer de l'argent que vous m'avez
donné. Je connaissais cette pauvre femme dont
Lucette me racontait l'affreuse misère. Alors, je
lui ai tout donné. — (Doucement et s'approchant d'elle.)
Oh! ne m'en veuillez pas, ma bonne et chère marraine, je n'ai besoin de rien; je me passerai de
collier et de bracelet; je ne vous demande qu'une
chose, c'est de ne pas m'en vouloir et de ne pas
me gronder.

LA MARQUISE.

Toi! (Lui ouvrant les bras.) Embrasse-moi!

BERTHE, se jetant dans ses bras.

Oh! marraine!

LA MARQUISE.

Chère enfant! Brave petit cœur!

BERTHE.

Vous ne m'en voulez plus, alors?

LA MARQUISE.

Je t'en aimerais mille fois davantage, si c'était
possible! (A Lucette.) Et toi, Lucette, tu peux dire
à cette pauvre femme d'être sans inquiétude...

(Souriant.) si toutefois Berthe veut bien me mettre
de moitié dans sa bonne œuvre.

LUCETTE, avec élan.

Ah! madame, vous êtes bonne comme du bon
pain!

LA MARQUISE, souriant.

Merci, Lucette.

BERTHE, doucement, lui serrant la main.

Merci, marraine.

LA MARQUISE, bas.

Oh! avec toi, je n'en ai pas fini.

LUCETTE, prenant son paquet.

Cette fois-ci, je m'en vais. Je suis déjà en
retard; mais je marcherai plus vite, voilà tout.
Une bonne nouvelle à porter, cela vous donne
des ailes! Au revoir, madame la marquise! (Elle
salue.) Au revoir, mademoiselle Berthe.

Même jeu.

BERTHE.

Au revoir, Lucette!

LA MARQUISE.

Et reviens, demain, nous donner des nouvelles
de notre protégée. (souriant.) Peut-être aurai-je
quelque chose à te donner!

LUCETTE.

A moi?

LA MARQUISE.

Oui, à toi. On gagne toujours à faire le bien.

LUCETTE.

Ce n'est pourtant pas difficile.

LA MARQUISE.

Non. Il s'agit seulement d'avoir du cœur! Au revoir, Lucette.

LUCETTE, faisant la révérence.

Votre servante, madame et mademoiselle!

Elle sort.

SCÈNE VII

LA MARQUISE, BERTHE.

BERTHE.

Et maintenant, marraine, si vous le permettez, je vais me hâter de terminer ma toilette. Mes amies peuvent arriver, et je voudrais être prête pour les recevoir.

4.

LA MARQUISE.

Et que vas-tu mettre?

BERTHE.

Ma belle robe à panier.

Elle va pour sortir.

LA MARQUISE, *souriant, va à la table, prend le coffre et la rappelle.*

Et ceci que tu oublies !

BERTHE, *étonnée.*

Moi ?

LA MARQUISE, *lui tendant le coffret.*

Ton collier !

BERTHE.

Mais...

LA MARQUISE.

Tu as donné ton argent à Lucette; je te donne, moi, le collier. Je t'avais bien dit que je voulais me mettre de moitié dans ta bonne œuvre.

BERTHE.

Oh ! marraine.

LA MARQUISE, *souriant.*

A moins qu'il ne te plaise plus !...

BERTHE.

Oh! si.

LA MARQUISE.

Eh bien! alors, prends-le vite. Crois-tu que j'aurais laissé emporter par Lucette ta petite bourse, sans cela !

BERTHE.

Je peux donc...

LA MARQUISE.

Mais oui. (Berthe prend le collier, puis se jette à son cou.) Et va bien vite t'en parer. Il te rappellera la bonne action que tu as faite. Et n'oublie jamais ceci, mon enfant : c'est que Dieu n'a donné la richesse aux uns que pour leur permettre d'aider les autres, et que faire le bien est encore le meilleur et le plus sûr des placements. (L'embrassant.) Va.

Rideau.

L'OISEAU BLEU

SAYNÈTE EN UN ACTE

PERSONNAGES

KOU-MIA.
LIOU-LI, suivante de la princesse.
PEKI, jeune chanteuse.

Au Japon.

———

L'OISEAU BLEU

Au Japon. — Une chambre dans le palais impérial, donnant sur des jardins, qu'on aperçoit par la grande baie du fond. A droite et à gauche, une porte conduisant dans l'intérieur du palais. — Au lever du rideau, Kou-Mia assise écoute, Liou-li, qui assise aussi, mais à ses pieds, achève une lecture.

SCÈNE PREMIÈRE

LIOU-LI, achevant une lecture.

« Et alors l'Oiseau bleu s'approchant de l'Empereur lui dit : Je mourrai dans ta cage, aux barreaux d'or... Je ne peux chanter qu'en liberté, sur les grands arbres, au clair soleil ; ni tes graines

de chènevis et de gingembre, ni ton eau pure,
puisée à tes fontaines de marbre, ne peuvent remplacer pour moi, le grain de blé cherché sous
l'herbe tendre et les gouttes de rosée cueillies dans
le calice des chrysanthèmes et des lotus... Ou-
vre-moi la cage, et laisse-moi retourner à mon
pauvre nid, où seulement je peux vivre, être heureux, et chanter.... » L'empereur ouvrit la cage
et murmura : « Envole-toi donc, puisque tu le
veux! » Et l'oiseau bleu alors, inclina la tête
comme pour lui dire merci, puis déployant ses
petites ailes, qui brillaient au soleil comme une
poussière de saphir, il s'envola très haut, et
disparut aux yeux de l'empereur et de toute sa
cour ! Mais le soir, quand tout le monde dor-
mait, sur les camélias du jardin dont les branches roses montaient jusqu'à la fenêtre impériale,
l'oiseau bleu vint se poser, et toute la nuit il
chanta, berçant les rêves de l'Empereur, et chaque soir il revint.... »

KOU-MIA, l'interrompant.

Eh bien! moi, si j'avais été l'oiseau bleu, j'aurais préféré la cage aux barreaux d'or, où la vie
était si douce et si facile, aux grands arbres où
souvent il devait s'endormir l'estomac vide et les

ailes lasses. Et toi Liou-li? Comprends-tu qu'on puisse chanter et être heureux, quand on est pauvre?

LIOU-LI.

Ce sont les contes qui nous disent cela... Faut-il que je continue?

KOU-MIA.

Non... cherche autre chose... Liou-li!

LIOU-LI.

Princesse...

KOU-MIA.

Je m'ennuie !

LIOU-LI.

Vous!

KOU-MIA.

Je m'ennuie à mourir !

LIOU-LI.

Si j'appelais les danseuses et les musiciennes du palais; leurs chansons et leurs danses vous distrairaient sûrement.

KOU-MIA.

Je ne crois pas, ma pauvre Liou-li... Je connais déjà toutes leurs chansons et toutes leurs danses.

LIOU-LI.

Voulez-vous que je fasse avancer la jonque impériale? La mer est d'un bleu superbe; nous pourrions aller jusqu'à la grande pagode de porcelaine, dont le vent fait si drôlement tinter les petites clochettes d'or.

KOU-MIA.

Non... cherche autre chose.

LIOU-LI.

Dame! je ne sais pas, moi. Cela me semble si étrange que l'on s'ennuie, quand on est comme vous jeune, jolie, et princesse si puissante que vos désirs ou vos caprices sont des ordres pour tous, que l'on n'a qu'un mot à dire pour faire courber les têtes et fléchir les genoux... Qui n'envierait votre sort?

KOU-MIA.

Eh bien! voilà ce qui te trompe, ma pauvre Liou-li; ce n'est pas toujours amusant d'être princesse! Et c'est peut-être parce qu'on a tout ce qu'on désire, qu'on ne sait plus que désirer.

On entend au dehors la voix de Peki.

PEKI, chantant.

Au milieu des vertes branches
Je viens de bâtir mon nid,
J'ai cueilli des roses blanches
Pour mon lit.

KOU-MIA, étonnée.

Tiens! qui donc chante là?

LIOU-LI, allant à la fenêtre.

Voulez-vous que je regarde?

KOU-MIA, curieuse, allant aussi à la fenêtre.

Oui... Voyons!

PEKI, au dehors, continuant.

Pour boire j'ai le calice
De la plus petite fleur,
Et je n'ai fiel, ni malice
Dans le cœur!

LIOU-LI.

Oh! la jolie fille !

KOU-MIA.

La connais-tu ?

LIOU-LI.

Non... Ce doit être une joueuse de samicen, qui
s'en va de village en village gagnant sa vie avec

ses chansons, et marchant au hasard, aidée par la charité des uns et les remercîments des autres.

KOU-MIA.

Si nous l'appelions !...

LIOU-LI.

L'appeler !... Y pensez-vous, princesse ?

KOU-MIA.

Elle me distraira un instant... Va la chercher.

LIOU-LI.

Mais....

KOU-MIA.

Va vite. Je veux la voir.

LIOU-LI.

J'y vais !

Elle s'incline et sort.

SCÈNE II

KOU-MIA, elle regarde par la fenêtre.

Ah ! voilà Liou-li... Elle s'approche... elle lui parle... elle lui désigne le palais... L'autre refuse...

elle semble secouer la tête comme pour dire non...
Liou-li insiste... Ah! enfin, elle se décide... Elles
entrent dans le palais... (Prêtant l'oreille.) Elles mon-
tent... les voici !

SCÈNE III

KOU-MIA, LIOU-LI, PEKI.

Peki entre. — [Costume pauvre, mais très pittoresque.] Elle
s'arrête étonnée à la vue de Kou-Mia.

KOU-MIA.

Entre, petite. N'aie pas peur !

LIOU-LI.

Entre donc! puisque je t'ai dit que c'était la
princesse qui te demandait.

PEKI, joyeusement.

Oui... Eh! bien, alors... me voilà!

KOU-MIA, à part.

Comme elle paraît joyeuse... Il est donc possible d'être heureux, même en étant pauvre! (Haut,
à Peki.) J'ai entendu ta chanson, ma petite, et j'ai
voulu te voir... Pourquoi chantais-tu ainsi ?

PEKI.

Mais pour chanter, et pour vivre aussi !

KOU-MIA.

Pour vivre?

PEKI.

Dame! C'est avec mes chansons que je gagne
mon pain de chaque jour. Oh! j'en sais de très belles, allez... et des contes aussi... des contes merveilleux où il n'est question que de fleurs, d'oiseaux et de clairs de lune... Je joue aussi du samicen... Je danse: et bien rares sont les portes qui
se ferment devant moi. J'ai besoin de si peu de
chose : un peu de riz et quelques graines de maïs
grillé me suffisent; un coin pour reposer ma tête
la nuit, c'est tout ce que je demande. En échange
je donne mes chansons, c'est-à-dire de la joie aux
grands comme aux petits; et quelquefois, quand
je m'en vais au matin, reprenant ma route vagabonde, je trouve, au fond de ma poche, une sapè-
que qu'on y a glissée, sans rien dire, et qui me
fait riche alors toute une journée, c'est-à-dire qui
me donne à mon tour le droit de partager avec de
plus pauvres et de plus malheureux que moi...

KOU-MIA.

Quel âge as-tu donc?

PEKI.

Quinze ans.

KOU-MIA.

Et cette vie te plaît?

PEKI.

Si elle me plaît? Demandez aux colibris qui nichent sous les pêchers de votre jardin impérial si la feuille verte leur est douce, si le grand air leur est nécessaire et s'ils aiment leurs chansons!

LIOU-LI, s'approchant curieusement.

Et si par hasard, la porte, à laquelle tu frappes, ne s'ouvre pas?

PEKI, gaîment.

Alors je couche sous la garde des cieux, à la clarté des étoiles, à l'abri d'un buisson, et j'y dors sans façons; car la route est à tout le monde, et l'on n'y paie ni son sommeil, ni son repas.

LIOU-LI.

Et tu n'as pas peur?

PEKI.

De quoi? et de qui?... Ma bourse est toujours

‚vide et je n'ai jamais fait de mal à personne. Et puis n'ai-je pas pour me garder les étoiles, qui brillent et veillent jusqu'au jour?

KOU-MIA.

Tu es donc heureuse?

PEKI.

Pourquoi ne le serais-je pas?

KOU-MIA.

Tu ne désires rien?

PEKI.

Non.

KOU-MIA.

Tu ne t'ennuies jamais?

PEKI.

Jamais!

KOU-MIA.

Comment fais-tu?

PEKI.

Je chante.

KOU-MIA.

Ecoute! — Tu sais qui je suis!

PEKI, naïvement.

Oui, maintenant.

KOU-MIA.

Je suis riche et puissante... Je possède de beaux palais de marbre que gardent des dragons blancs aux griffes d'or... J'ai des trésors immenses sur lesquels veillent jour et nuit des soldats à deux sabres, immobiles dans leurs armures d'argent. J'ai, à moi, des villages entiers cachés sous des bois de bambous et de camélias roses. Chacun de mes désirs est un ordre; chacun de mes caprices est satisfait. Eh bien! malgré tout cela je m'ennuie, plus rien ne me plaît! Par instants même la tristesse me gagne. Veux-tu rester auprès de moi?

PEKI.

Qu'est-ce que j'aurai à faire?

KOU-MIA.

A m'apprendre comment tu fais pour être toujours gaie.

PEKI.

Mais je ne sais pas, moi.

KOU-MIA.

Tu me chanteras tes chansons, tu me raconteras tes plus belles histoires. Et en échange, je te ferai riche, je te ferai belle, je te donnerai tout ce que tu me demanderas.

5.

PEKI.

Et j'aurai de belles robes de soie comme vous ?

KOU-MIA.

Oui !

PEKI.

Des bracelets comme les vôtres?

KOU-MIA.

Oui !

PEKI.

Des colliers de perles pareils à ceux-ci?

KOU-MIA.

Tu auras tout ce que tu désireras.

PEKI.

Alors, j'accepte.

KOU-MIA.

Et pour commencer, Liou-li (Elle désigne la servante.) va t'emmener avec elle; dans ma garde
robe, tu choisiras les vêtements qui te plairont le
plus.

PEKI.

Vous me les donnez?

KOU-MIA.

Mais oui.

PEKI.

Quel bonheur! Je pourrai m'en parer tout de suite?

KOU-MIA.

Oui... Liou-li t'aidera à t'habiller. Il faut d'ailleurs que tu quittes au plus tôt les tiens. (Souriant.) Ils ne sont plus guère présentables.

PEKI.

C'est vrai! Que voulez-vous? Les épines des buissons les ont souvent accrochés au passage, et je n'avais guère le temps de les raccommoder.

KOU-MIA.

Va, et reviens aussitôt.

LIOU-LI, à Peki.

Par ici, petite.

PEKI, à Liou-li.

Et faites-moi bien belle au moins!...

Elles sortent.

SCÈNE IV

KOU-MIA, seule.

Est-ce bon d'être heureux? Sa joie est si vive qu'elle me la communique déjà. Il est vrai qu'on est aussi heureux du bonheur des autres. Et il faut si peu pour faire des heureux! Une robe, un bracelet, un collier suffisent. Comme ses yeux brillaient quand elle parlait de ces choses! Elle battait des mains, et je voyais comme des larmes de joie perler, sous ses paupières. Pauvre chère petite! Courir ainsi les grands chemins, à son âge, était-ce triste!

LIOU-LI, entre vivement.

Princesse! La voilà, elle est prête!

KOU-MIA.

Eh bien?

LIOU-LI.

Oh! il vous aurait fallu la voir! Elle prenait une à une les robes de soie; elle les caressait doucement, puis les embrassait. Ensuite elle allait se regarder devant le grand miroir, et là, elle faisait les mines les plus amusantes. (Voyant entrer Peki.) Et tenez, la voilà!

SCÈNE V

KOU-MIA, LIOU-LI, PEKI.

Peki entre ; elle est en superbe robe de soie, des bracelets aux bras ; on ne la sent pas à son aise dans son nouvel ajustement.

PEKI, allant à Kou-Mia qui la regarde un peu surprise.

Eh bien! comment me trouvez-vous? Suis-je belle ainsi?

KOU-MIA.

Oui. (A part.) C'est étrange, elle me paraît moins jolie que tout à l'heure! Ne trouves-tu pas, Liou-li?

LIOU-LI, à part.

Sûrement.

PEKI.

Comme elles me regardent!... (Elle marche en se

dandinant un peu. — A part.) C'est tout de même un peu gênant, la première fois.

KOU-MIA.

Te voilà belle maintenant !

PEKI.

Oh ! oui... C'est si joli ces robes de soie ! Et pourtant, voyez-vous, quand j'ai quitté mes pauvres habits, cela m'a fait quelque chose. Il me semblait que c'était un peu de moi qui s'en allait; il me semblait que je disais adieu à des amis.

KOU-MIA.

Tu t'en consoleras !

LIOU-LI.

Ils n'étaient pas beaux cependant !

PEKI.

Nous avons, si longtemps, vécu ensemble !...

KOU-MIA.

Et maintenant, voyons, conte-nous une de tes histoires.

PEKI.

Une histoire ?... Comme cela, tout de suite.

KOU-MIA.

Mais oui... Tu m'as dit que tu en savais de si belles! Je m'assieds là. (Elle va s'asseoir où elle était au commencement.) Liou-li, ici. (Liou-li reprend sa première place.) Et toi, au milieu. Commence, nous t'écoutons.

PEKI, embarrassée.

Dame! je ne sais pas moi; qu'est-ce qu'il fa vous conter?

KOU-MIA.

Comment tu ne sais pas?

PEKI.

Je n'ose plus.

LIOU-LI.

Ce ne sont pas tes beaux habits qui te gênent?

PEKI.

Oh! non.

KOU-MIA.

Tu as trouvé?

PEKI, un peu triste.

Je cherche.

KOU-MIA.

Comme tu nous dis cela. Qu'as-tu donc fait de ta gaieté de tout à l'heure?

PEKI.

Ma gaieté?

Elle secoue la tête.

KOU-MIA.

Voyons, commence.

PEKI.

Il y avait une fois un rossignol qui avait bâti son nid sous le toit d'une pagode; à chaque extrémité des toits de porcelaine pendaient de petites clochettes d'argent, et chaque fois que le vent soufflait, il agitait doucement les clochettes, et de son nid le rossignol les écoutait. Le soir, on allumait autour de la pagode des lanternes de toutes les couleurs qui s'éclairaient sous le vert des arbres comme de grandes et mystérieuses étoiles. *(Regardant Kou-Mia et Liou-li à part.)* Ça n'a pas l'air de les intéresser! *(Elle reprend.)* Mais voilà qu'un jour le rossignol eut envie de voir de nouveaux pays; il s'ennuyait dans ce nid qu'il avait tant aimé, et sans vouloir écouter les conseils d'un vieil hibou du voisinage, qui lui disait de rester, un beau matin, il se mit en route et quitta sa vieille pagode; les petites clochettes sonnèrent comme pour lui dire adieu encore une fois; et avide de voir et de connaître, il s'élança dans le ciel. Le hibou ne

s'était pas trompé. Le rossignol ne devait pas
tarder à regretter son pauvre nid de mousse où
il avait vécu si heureux et si insouciant.

KOU-MIA, à Peki.

Tu n'en sais pas une autre?

PEKI, surprise.

Une autre?

KOU-MIA.

Oui, une autre histoire... Elle n'est pas gaie,
celle-là.

PEKI, comme à elle-même.

C'est vrai, le rossignol meurt, loin de son nid.

KOU-MIA.

Tu le vois bien : je t'ai prise pour m'égayer et
tu me choisis justement le plus triste de tes contes.

PEKI.

Je ne sais pas moi-même comment l'idée m'en
est venue.

KOU-MIA, à part.

Elle ne me semble déjà plus la même. (Haut.)
Préfères-tu chanter? Liou-li t'accompagnera. Elle
est fort bonne musicienne. Veux-tu essayer, dis?

PEKI.

Je veux bien, moi !

KOU-MIA.

Je t'écoute.

PEKI, reprenant sa chanson d'entrée.

J'ai pour boire le calice
De la plus petite fleur,
Et je n'ai fiel, ni malice
Dans le cœur!

La goutte d'eau de la plaine
Lorsque j'ai soif me suffit,
Lorsque j'ai faim, une graine
Me nourrit!

Mais je n'aime que les branches
De mes grands arbres touffus,
Et loin de ses roses blanches
L'oiselet ne chante plus!

Elle s'arrête et baisse la tête.

LIOU-LI.

Mais elle pleure !

KOU-MIA.

Qu'as-tu, ma chère enfant, serais-tu malade, t'aurais-je sans le vouloir fait de la peine?

PEKI.

Oh! non... Mais je ne sais ce que j'éprouve. C'est malgré moi... c'est le plaisir, la joie...

KOU-MIA.

Tes yeux semblent gonflés de pleurs; et je vois sous ta paupière une larme que tu cherches en vain à retenir.

PEKI, naïvement.

C'est la première!...

KOU-MIA.

C'est moi qui ai eu tort, tu étais peut-être encore fatiguée de la route, et j'ai voulu aussitôt te faire chanter et rire. — Repose-toi, ma petite. Repose-toi sans crainte, je ne suis pas une mauvaise maîtresse. Demande à Liou-li : et puisque nous devons rester ensemble toujours, je ne veux pas que ce soit par des larmes que tu commences! (A Liou-li.) Viens, Liou-li.

PEKI.

Vous me laissez?

KOU-MIA.

Oui, nous reviendrons tout à l'heure. Je veux
que tu te reposes un peu ici, je veux que tu
retrouves ta belle gaieté qui m'a fait envie et
qui mettait de si joyeux rires dans tes yeux et
ur tes lèvres. (A Liou-li.) Viens !

LIOU-LI, en s'en allant à part.

Pauvre petite !

Elles sortent.

SCÈNE VI

PEKI, seule.

Mais qu'est-ce que j'ai donc ?... Que se passe-
t-il en moi ?... Je suis heureuse pourtant ; j'ai une
belle robe de soie ; une maîtresse douce et bonne ;
j'habite un palais, je n'ai plus à craindre, ni la
faim, ni la soif ; je sais où reposer ma tête. J'ai
autour de mes bras, ces beaux bracelets qui brillent et dont je n'osais même pas rêver. Et pourtant j'ai le cœur gros. — Je veux être gaie, et je
ne le puis. Elle avait bien raison, la princesse. —

C'étaient seulement des chansons tristes qui me
venaient sur les lèvres. — (Elle regarde autour d'elle.)
C'est pourtant bien beau ici, beau comme ces
palais de fée que je voyais quelquefois en rêve et
devant lesquels je me mettais à genoux, les mains
jointes, admirant. (Elle va à la table où Liou-li a laissé
le livre qu'elle lisait au lever du rideau.) Oh! le superbe
livre et les belles images! (Elle l'ouvre et le regarde.)
Des fleurs .. des oiseaux. — Je n'en ai jamais vu
de pareils sur les branches des arbres. (Elle lit.)....
Je mourrai dans ta cage, aux barreaux d'or... je
ne peux chanter qu'en liberté; ni les graines de
chénevis et de gingembre, ni l'eau pure puisée
à tes fontaines de marbre, ne peuvent remplacer
pour moi le grain de blé cherché sous l'herbe tendre et la goutte de rosée cueillie dans le calice des
chrysanthèmes et des lotus. Laisse-moi retourner
à mon pauvre nid, où seulement je peux vivre,
être heureux et chanter. — Et l'Empereur ouvrit
la cage et dit : « Envole-toi donc, puisque tu le
veux. »....., (Elle laisse tomber le livre et reste pensive.)
Laisse-moi retourner à mon pauvre nid, où je peux
seulement vivre, être heureux et chanter. — Ah!
je comprends tout maintenant. C'était cette robe
de soie qui pesait sur mes épaules; ces colliers de

perles qui me serraient la gorge. La cage m'é-
touffait. — Oh! mes pauvres chers habits, que
j'avais bien raison de vous regretter !... Que faire
maintenant, comment dire à la princesse? (Poussant un cri.) Ah! mais j'y songe, c'est là qu'on
m'a conduite tout à l'heure. (Elle va ouvrir la porte de
droite.) C'est dans cette chambre que j'ai laissé
mes vieux habits et revêtu cette robe de soie. —
Ils sont là. — (Elle s'elance dans la chambre de droite.) Je
suis sauvée !

SCÈNE VII

KOU-MIA, LIOU-LI.

KOU-MIA, entrant doucement, suivie de Liou-li.

Doucement: elle doit reposer, la pauvre petite.
— Ne faisons pas de bruit.

LIOU-LI.

Je n'entends rien.

KOU-MIA, regardant et s'arrêtant surprise.

Personne !

LIOU-LI.

Personne?

KOU-MIA.

Mais c'est impossible. — Où serait-elle allée à cette heure ?

LIOU-LI.

Oh! elle ne peut pas être loin ?

KOU-MIA.

Elle n'a pu sortir du palais?

LIOU-LI.

Elle est sans doute allée revoir les belles robes, et nous n'avons qu'à entrer là. (Elle montre droite.) Nous allons sûrement la trouver s'ajustant devant votre miroir, et faisant sauter dans ses mains un de vos colliers de perles.

KOU-MIA.

Voyons !

Elles s'avancent vers la porte de droite, mais au même instant où elles vont en franchir le seuil, la porte s'ouvre et Peki paraît, dans son costume d'entrée.

SCÈNE VIII

KOU-MIA.

Peki !...

LIOU-LI.

Sous ce costume?

PEKI.

Oui, Peki, sous ce costume! Le sien; le seul qui
soit fait pour elle, et celui qu'elle n'aurait jamais
dû quitter.

KOU-MIA.

Que veux-tu dire?

PEKI, s'avançant, lui prend la main et se met à genoux.

Ceci, ma chère princesse: Que vous êtes bonne
autant que belle! Que la pauvre Peki n'oubliera
jamais ce que vous avez voulu faire pour elle;
qu'elle priera pour vous chaque soir, afin que
vous ayez, sur cette terre, toute la part de joie et
de bonheur à laquelle vous avez droit. (Se relevant.)
Mais que Peki ne peut rester dans votre beau palais; qu'il lui faut comme à l'oiseau de sa chanson
l'air des grands bois et la route libre; et que si
vous voulez qu'elle chante encore, il faut lui ouvrir les portes de sa cage, la laisser reprendre sa
route et regagner son pauvre nid.

KOU-MIA.

Tu veux me quitter?

PEKI.

Il le faut. Je ne suis pas faite pour porter vos belles robes de soie, ni pour habiter vos palais de marbre. Ma gaieté et mes chansons s'en seraient vite allées; et l'oiseau que vous aviez pris pour vous charmer et vous distraire serait bientôt devenu muet.

KOU-MIA.

Tu ne veux donc plus me distraire? Tu vois pourtant que voilà déjà ta gaieté première revenue.

PEKI.

Parce que j'ai repris mes vieux habits. La gaieté ne se vend ni ne s'achète. Et n'en soyez pas jalouse; car c'est la seule richesse des pauvres. Vous avez d'ailleurs tout ce que vous désirez, et vous pouvez de plus faire autant d'heureux que vous voulez. Vous avez donc la part la plus belle !

KOU-MIA.

Tu veux reprendre ta vie errante?

PEKI.

A chacun ici-bas le ciel trace sa route ?

Reprenant.

> Mais je n'aime que les branches
> De mes vieux arbres touffus,

6

Et loin de ses roses blanches,
L'oiselet ne chante plus!

KOU-MIA.

Mais comment cette idée t'est-elle revenue ?

PEKI, lui montrant le livre.

En regardant ce livre. (Elle l'ouvre et lui montre le passage.) « Laisse-moi retourner à mon pauvre nid, où je peux seulement vivre, être heureux et chanter. Et l'Empereur ouvrant la cage, dit : « Envole-toi donc puisque tu le veux! »

LIOU-LI.

Mais, c'est l'histoire de l'Oiseau bleu!...

PEKI.

Eh bien! c'est la mienne aussi. (S'approchant de Kou-Mia.) Pardonnez-moi, ma chère maîtresse. Ne me croyez pas ingrate, — je vous aime; j'emporte de vous le plus doux et le plus cher souvenir, mais je pars; et c'est même, croyez-moi, le meilleur moyen pour que vous m'aimiez toujours.

KOU-MIA.

Etrange fille! — Tu le veux donc?

PEKI.

Jugez vous-même!...

KOU-MIA.

Eh bien, envole-toi !

PEKI.

Oh ! que vous êtes bonne !

KOU-MIA, la rappelant.

Mais tu sais — il y a une fin à cette histoire : l'oiseau bleu n'oublia pas celui qui lui rendait la liberté. Il revint souvent.

PEKI, du seuil.

Quand vous voudrez entendre mes chansons, ouvrez vos fenêtres, faites un signe et je viendrai.

KOU-MIA, tristement.

Adieu donc !

PEKI.

Merci !

Elle disparaît, lui envoyant des doigts un baiser, tandis que Kou-Mia la regarde tristement et que Liou-li lui dit adieu de la main.

Rideau.

LA

NUIT DE NOEL

SAYNÈTE EN UN ACTE

6.

PERSONNAGES

MADAME DE LUCENAY.
JEANNETTE.
FRANCE.

La scène se passe dans les Vosges, non loin de la
frontière.

———

LA
NUIT DE NOEL

Un salon chez madame de Lucenay. — Porte, au fond; — fenêtre — table. — A gauche, une porte conduisant dans une autre pièce. — Au lever du rideau, madame de Lucenay, seule, est assise dans un fauteuil auprès de la cheminée, en train de broder.

SCÈNE PREMIÈRE

MADAME DE LUCENAY, laissant tomber son ouvrage.

Je ne sais pas si c'est cette nuit de Noël, ce souvenir des veillées d'autrefois, si chaudes et si douces; mais je me sens plus triste que d'habitude. J'ai dans l'âme comme un grand vide, et je ne peux m'empêcher de penser. (Regardant la pendule.) Mais Jeannette ne revient pas? — Il me semble qu'elle tarde beaucoup.

SCÉNE II

MADAME DE LUCENAY, JEANNETTE.

Jeannette entre, enveloppée dans une grande mante sombre.

JEANNETTE.

Quel horrible temps ! Il neige, et le vent souffle, balayant les flocons, et faisant craquer les
branches mortes.

MADAME DE LUCENAY, relevant la tête.

Ah ! c'est toi, Jeannette?

JEANNETTE.

Oui, madame ; j'ai fait votre commission. J'ai
remis à monsieur le curé ce que vous m'aviez
donné pour ses pauvres. Ah ! le brave cher
homme, si vous l'aviez vu ; des larmes de joie lui
sont venues aux yeux. Tu diras à ta maîtresse,
a-t-il ajouté, que je prierai pour elle ce soir même,
pour que le bon Dieu lui donne la part de joie qui
lui est due. (Madame de Lucenay secoue la tête.) Oh !
vous avez beau secouer la tête, madame ; mais
monsieur le curé est un saint, et le bon Dieu,

j'en suis bien certaine, ne lui refuse jamais ce
qu'il demande. Et puis vous êtes si bonne, vous
faites tant de bien aux pauvres gens !

MADAME DE LUCENAY.

Il appartient à ceux qui ont d'aider ceux qui
n'ont rien.

JEANNETTE.

Pardine ! c'est facile à dire. Mais il en est tant
qui ne le font pas !

MADAME DE LUCENAY.

Tant pis pour ceux-là, ma bonne Jeannette,
car ils se privent d'une bien douce joie.

JEANNETTE, tout en se débarrassant de sa mante.

Cœur d'or, va ! (Haut.) Et à ce propos, madame,
je suis chargée d'une commission pour vous.

MADAME DE LUCENAY, étonnée.

Pour moi?

JEANNETTE.

Oui, de la part de Nanon, la vieille servante
de M. le curé. Une drôle de commission, allez.

MADAME DE LUCENAY.

Ah !

JEANNETTE.

Elle voudrait, la brave femme, que vous déci-
diez son maître à s'acheter enfin une soutane
neuve. — Chaque semaine, Nanon est obligée de
repriser celle qu'il porte sur toutes ses faces.

MADAME DE LUCENAY.

Vraiment ?

JEANNETTE.

Oh ! ce n'est pas le travail qui lui fait peur,
mais ça lui fait mal de voir son curé s'en aller
ainsi avec une vieille soutane usée jusqu'à la
corde. Elle lui en a fait maintes fois l'observation, mais il ne l'écoute pas; il se contente de
sourire, et si Nanon le presse trop, il prétend que
sa soutane peut attendre alors que ceux qui ont
faim n'attendent pas.

MADAME DE LUCENAY.

Et elle veut que j'essaie de convaincre monsieur
le curé ?

JEANNETTE.

Elle dit qu'il a en vous toute confiance et qu'il
ne saurait rien vous refuser.

MADAME DE LUCENAY, souriant doucement.

Eh bien ! tu pourras rassurer Nanon dès que

tu la verras. Je m'entendrai avec elle ; elle
n'aura plus à repriser cette vieille soutane qui
lui tient tant au cœur.

JEANNETTE.

Je le lui dirai ce soir même à l'église, pendant la messe.

MADAME DE LUCENAY, comme à elle-même.

C'est pourtant vrai que c'est demain Noël. —
Encore une année qui va finir ! (A Jeannette, souriant.)
Nous vieillissons, ma bonne Jeannette.

JEANNETTE.

Moi, peut-être, mais vous sûrement, non. —
C'est égal, ce sont les petits qui sont heureux,
ce soir — chez le père Grelait, notre voisin ; j'en
ai vu toute une bande qui ramassaient tous les
souliers de la maison pour les mettre dans la
cheminée ; il y en avait un, le plus petit, qui
était allé dénicher sous le lit, une énorme botte,
plus grosse que lui, et le pauvre chérubin faisait
tous ses efforts pour la traîner, roulant parfois à
terre, mais ne la lâchant jamais.

MADAME DE LUCENAY.

Tu regrettes peut-être de ne pouvoir plus
mettre le tien, ma bonne Jeannette ?

JEANNETTE.

Dame! ce temps-là n'est pas le plus mauvais de la vie! On n'en connaît que les joies et les rires! Et je me souviens encore de nos surprises et de nos cris, quand le matin, en nous réveillant, nous trouvions, dans nos sabots, ce que le père ou la mère y avait caché la veille. Le cadeau n'était pas riche peut-être; mais si pauvre qu'elle fût, la poupée était la bienvenue; et elle nous semblait avec sa robe de papier plus belle qu'une reine.

MADAME DE LUCENAY, souriant.

Es-tu bavarde ! (Regardant sur la table.) Tiens, je ne trouve pas mon écheveau de laine bleue. — J'ai dû le laisser dans ma chambre.

JEANNETTE.

Faut-il que j'aille vous le chercher ?

MADAME DE LUCENAY.

Non. J'y vais, moi-même; mets la table; car je m'aperçois qu'il est déjà sept heures passées.

Elle sort.

SCÈNE III

JEANNETTE, seule et disposant le couvert.

Si celle-là n'était pas heureuse, c'est qu'il n'y aurait plus de justice ici-bas et de récompense là-haut! Pauvre chère madame! si belle et si bonne. Tout le monde l'adore ici, et tout le monde voudrait la voir heureuse. Ah! j'y pensais bien tout à l'heure — et je me disais en regardant tous ces chérubins, là-bas, que c'est un enfant qu'il nous aurait fallu ici, une jolie tête blonde dont les yeux nous auraient souri et dont les cris auraient ramené la vie dans dans notre logis, si triste depuis la mort de mon pauvre maître. Un cœur d'or aussi celui-là, que la guerre nous a pris voilà quinze ans. Ah! je m'en sou-viens encore, comme si c'était hier. Une dépêche arriva, annonçant la terrible nouvelle. — Nous partimes avec madame, dont le silence m'ef-frayait plus que les larmes. Nous rencontrions tout le long de la route des soldats, de pau-vres jeunes gens, les habits déchirés, blessés le plus souvent, mais marchant toujours. Puis on

7

nous conduisit dans une cabane où sur un mauvais lit reposait mon pauvre maître, la figure
toute blanche, le front entouré de linges. — Dès
qu'il vit entrer madame, il essaya de se redres-
ser en souriant, et madame alors se jeta à genoux
au pied du lit. Tout le monde pleurait, même
des officiers, des vieux qui roulaient sous leurs
doigts leurs grosses moustaches. — Puis, quand
on l'eut mis là-bas, dans le cimetière d'un petit
village, nous revînmes ici, où madame était née,
dans les Vosges! — et des années se passèrent
avant que je ne visse sourire ma chère maîtresse.
Et encore ce sourire était-il toujours triste! Il
aurait fallu quelque chose, un miracle pour la
faire sourire comme autrefois. — Et ce miracle,
le bon Dieu, qui est là-haut, devrait bien le faire
pour elle.

Tout en parlant elle a disposé le couvert. Madame de
Lucenay entre.

SCÈNE IV

MADAME DE LUCENAY, JEANNETTE.

MADAME DE LUCENAY.

Eh bien! sommes-nous prêtes, ma bonne Jeannette?

JEANNETTE.

Vous pouvez vous asseoir. Je vais servir.

MADAME DE LUCENAY, s'asseyant.

Je te préviens que j'ai grand appétit!

JEANNETTE.

Tant mieux! D'autant qu'il faut prendre des
forces; il fait un froid terrible, la neige couvre
toute la route, et nous serons obligées d'allumer
une lanterne pour nous guider jusqu'à l'église
quand minuit sonnera; heureusement que le
chemin n'est pas long.

Elle va chercher un plat et le pose sur la table.

MADAME DE LUCENAY, assise et mangeant.

Bah! nous nous couvrirons bien.

JEANNETTE, allant à la fenêtre.

Et il neige toujours! Tenez, voilà que ça reprend de plus belle maintenant. — On n'y voit guère à plus de deux pas devant soi. — C'est tout blanc.

MADAME DE LUCENAY.

Et peut-être qu'à cette heure de pauvres malheureux ont froid et faim!...

JEANNETTE.

Oh! je suis bien sûre qu'autour de nous, chacun tient sa porte close, et que personne n'erre par les chemins, à cette heure.

MADAME DE LUCENAY.

Qui sait?

JEANNETTE, en riant.

Ah! si! le bonhomme Noel, peut-être — mais celui-là ne frappe ni aux portes ni aux fenêtres; il descend tout tranquillement par la cheminée. Et malheureusement il ne descend pas chez tout le monde.

Au même instant on entend doucement heurter à la porte du fond.

JEANNETTE, effrayée.

Ah! mon Dieu !

MADAME DE LUCENAY.

Quoi donc?

JEANNETTE.

N'avez-vous rien entendu?

MADAME DE LUCENAY.

Non.

JEANNETTE.

Il me semble qu'on vient de frapper à la porte!...

MADAME DE LUCENAY.

Eh bien, ouvre...

JEANNETTE.

A cette heure, et par un temps pareil! il n'y a pas un chrétien dehors.

MADAME DE LUCENAY.

Mais te voilà déjà toute tremblante. (Prêtant l'oreille.) Tu as sans doute rêvé. Je n'entends rien.

JEANNETTE, même jeu.

Moi non plus.

MADAME DE LUCENAY.

Tu n'es guère courageuse.

JEANNETTE.

Oh! par exemple.

On entend de nouveau frapper à la porte du fond.

JEANNETTE.

Ah! mon Dieu!

MADAME DE LUCENAY.

Cette fois, tu as raison. On a frappé : Il y a quelqu'un là. (Désignant la porte.) Va ouvrir.

JEANNETTE.

Moi?

MADAME DE LUCENAY, se levant.

Poltronne! J'y vais moi-même.

JEANNETTE.

Oh! ne faites pas ça, madame. Laissez-moi au moins demander qui est là?

MADAME DE LUCENAY.

Pourquoi? Qu'avons-nous à craindre?

JEANNETTE.

Mais...

MADAME DE LUCENAY, souriant.

C'est peut-être le bonhomme Noël dont tu parlais si bien tout à l'heure et qui vient t'apporter son cadeau, comme autrefois.

Elle va ouvrir.

JEANNETTE.

Oh! grande sainte Jeanne, ma patronne, proté-
gez-moi!

MADAME DE LUCENAY, ouvrant la porte.

Regarde. (Sur la porte, blottie dans un coin, on aperçoit
une petite fille de douze à treize ans, pauvrement vêtue, les
vêtements couverts de neige, et tremblant de froid.) Une enfant !

JEANNETTE, s'approchant, un peu rassurée.

Une jeune fille !

MADAME DE LUCENAY, à la petite fille.

C'est toi qui as frappé, mon enfant?

LA PETITE FILLE, sur le seuil.

Oui, madame! j'avais froid, j'avais faim, j'ai vu
de la lumière; la neige m'aveuglait; je me suis
alors blottie dans la porte, et j'ai frappé, n'en
pouvant plus.

MADAME DE LUCENAY.

Pauvre mignonne, comme elle tremble! (A
l'enfant.) Entre d'abord! Tu nous diras après qui
tu es et d'où tu viens.

Elle entraîne l'enfant vers la cheminée.

JEANNETTE, fermant la porte.

Et moi qui avais peur d'ouvrir!...

SCÈNE V

MADAME DE LUCENAY, JEANNETTE,
LA PETITE FILLE.

MADAME DE LUCENAY.

Pauvre petite! Ses mains sont glacées... Réchauffe-toi, mon enfant. Tu mangeras ensuite.

LA PETITE FILLE.

Oh! madame, que vous êtes bonne! C'est donc le paradis, ici, puisqu'il y a du feu et du pain?

JEANNETTE, émue.

Comme elle a dû souffrir! A cet âge, courir le chemin par un temps pareil! (S'approchant.) C'est qu'elle est jolie comme un cœur, la mignonne, n'est-ce pas, madame?

MADAME DE LUCENAY.

Que faisais-tu à cette heure, sur la route, toute seule?

LA PETITE FILLE.

J'allais droit devant moi, sans savoir.

MADAME DE LUCENAY.

Et ton père? Et ta mère?

LA PETITE FILLE.

Je n'ai jamais connu ma mère, et mon père est
mort.

MADAME DE LUCENAY.

Et d'où viens-tu?

LA PETITE FILLE.

Oh! de bien loin, de là-bas!...

MADAME DE LUCENAY.

De là-bas?

LA P..TITE FILLE.

Oui, d'un grand pays de l'autre côté des mon-
tagnes.

MADAME LE LUCENAY, étonnée.

De l'Alsace?

LA PETITE FILLE.

Oui, c'est ainsi qu'on nomme mon pays!

MADAME DE LUCENAY.

Et toi, comment t'appelles-tu?

LA PETITE FILLE.

France!

7.

MADAME DE LUCENAY, émue.

France! — Et que faisait ton père?

FRANCE.

Il avait un petit champ où il travaillait, une belle prairie toute pleine de bleuets, de marguerites et de coquelicots dont il me faisait faire le dimanche de superbes bouquets. (S'arrêtant.) Oh! que je suis bien ici! Et que j'ai chaud!

MADAME DE LUCENAY.

Pauvre enfant! (A France.) Il faut manger maintenant. Jeannette, vite sers-la.

JEANNETTE.

Tout de suite.

MADAME DE LUCENAY, regardant France.

Quel doux regard!

FRANCE.

Je peux manger... de tout cela?...

MADAME DE LUCENAY, souriant.

Oui, de tout ce que tu voudras.

FRANCE.

Oh! merci! Je n'avais plus rien mangé depuis hier matin, dans une ferme, où une vieille femme

a bien voulu me donner un morceau de pain
et un verre d'eau.

JEANNETTE, à part.

Allons bon! voilà que je pleure maintenant.

FRANCE, mangeant.

Oh! les bonnes choses!

MADAME DE LUCENAY, à part.

Orpheline et si malheureuse, à son âge.

JEANNETTE, à madame de Lucenay.

Oh! regardez-la donc, madame? Mange-t-elle
avec entrain, la pauvre chérie! On voit bien que
son estomac devait depuis longtemps crier fa-
mine.

MADAME DE LUCENAY.

Et pourquoi as-tu quitté ton pays? N'avais-tu
plus de parents là-bas?

FRANCE.

Aucun. Je me suis trouvée toute seule. On a
vendu les meubles qui étaient dans la maison:
des hommes sont venus qui ont tout emporté;
j'ai entendu l'un qui disait : que faut-il faire de la
petite? Et l'autre s'est mis à rire et a haussé les
épaules. Il y avait bien quelques voisins chez les-

quels j'aurais pu aller, mais ils étaient si pauvres !
Et d'ailleurs mon père me répétait souvent, quand
le soir venu, m'asseyant sur ses genoux, il me
racontait quelque belle histoire, où il était toujours question de soldats et de drapeaux : « Si je
n'étais plus là, fillette, ne reste pas ici ; fais ton
petit paquet, et marche devant toi, du côté où
le soleil se couche. Et quand tu seras là-bas,
quelle que soit la porte à laquelle tu frapperas,
dis ton nom : elle s'ouvrira toujours ! » Et c'est ce
que j'ai fait. — Un matin je suis partie et j'ai marché droit devant moi. — Mon père avait raison :
à la première porte où j'ai frappé le lendemain,
on m'a reçue à bras ouverts ; on aurait bien voulu
me garder ; mais la chaumière était si petite, que
la brave femme, en pleurant, n'a pu que remplir
ma poche d'un gros morceau de pain ; puis elle
m'a assuré qu'en marchant encore un peu, je ren-
contrerais un grand village, où je trouverais sûrement, un petit emploi de servante ; alors je me
suis mise en route... Mais voilà que je me suis
égarée, et tout le jour j'ai marché dans le bois ; la
nuit m'a surprise non loin d'ici. — Puis la neige
s'est mise à tomber, et j'ai pleuré alors, ne sachant ce que j'allais devenir !...

MADAME DE LUCENAY.

Pauvre enfant!

JEANNETTE.

Brave petit cœur !

MADAME DE LUCENAY, à France.

Continue, ma fille!

FRANCE.

Mais je me suis souvenue de la prière qu'on me
faisait dire quand j'étais toute petite et, joignant
les mains, j'ai dit : « Cher bon Dieu, qui êtes là-
haut, au milieu des étoiles, et qui n'oubliez jamais ceux qui souffrent ni ceux qui espèrent, ve-
nez à mon secours ! » Et voilà qu'à travers les arbres, comme une de ses étoiles, j'ai vu briller
une lumière; j'ai marché alors de ce côté, lentement, parce que le vent soufflait très fort et que
la neige m'aveuglait; et je suis venue me blottir
sous votre porte; puis j'ai frappé, car j'avais trop
froid et trop faim.

MADAME DE LUCENAY.

Et tu as bien fait! Ton père avait raison : ton
nom et ton pays t'ouvriront toutes les portes.
Car il y plus que de la charité à faire; il y a un
devoir à remplir et un souvenir à garder.

JEANNETTE, à part et desserrant la table.

Voilà la petite fille qu'il nous aurait fallu et qui nous eût ramené ici la joie et le sourire.

FRANCE, à madame de Lucenay.

Vous me trouverez une petite place de servante, n'est-ce pas, madame? et je n'aurai plus alors à courir ces vilains chemins, quand la neige tombe et quand il fait si froid — Oh! je sais travailler, allez.

MADAME DE LUCENAY, souriant.

Vraiment, — que sais-tu donc faire?

FRANCE, naïvement.

Tout ce qu'on voudra.

MADAME DE LUCENAY.

Tu es donc courageuse?

FRANCE.

Je crois bien. Mettez-moi à l'épreuve et vous verrez.

MADAME DE LUCENAY, à part.

Cette enfant m'intéresse!...

FRANCE, lui prenant la main.

Je serai si heureuse de rester auprès de vous! Vous êtes si bonne !

JEANNETTE, prenant le paquet que France avait à la
main en entrant et qu'elle a déposé sur une chaise.

Ah! mais comme il est lourd ton paquet. —
Qu'est-ce que tu as donc là-dedans ?

FRANCE.

Tout ce que mon père avait, dans une petite
armoire, à côté de son lit, et qui était bien à moi,
je vous l'assure. Oh! de belles choses, allez! (Elle
va prendre son paquet.) Une superbe croix surtout
qu'il me faisait embrasser chaque soir, après
que j'avais dit ma prière. (Elle sort du paquet un vieux
portefeuille et en tire une croix d'honneur.) Regardez!

MADAME DE LUCENAY.

Une croix d'honneur !

JEANNETTE, s'avançant.

Une croix d'honneur.

MADAME DE LUCENAY.

Ton père avait donc été soldat?

FRANCE.

Oui, madame, je me rappelle même qu'il ajou-
tait toujours ces mots : « Si mon brave capitaine
vivait encore, nous ne serions pas ici, et je serais
bien tranquille sur ton avenir ».

MADAME DE LUCENAY, à part.

C'est étrange!

FRANCE.

Et il conservait pieusement une lettre, qu'il me montrait souvent en me disant : « Si un jour je n'étais plus là et que tu t'en ailles d'ici, ma pauvre petite France, conserve bien à ton tour cette lettre — c'est un précieux héritage que je te lègue — mais ne la montre jamais qu'à ceux que tu aimeras bien. » (A madame de Lucenay.) Je vous aime bien, madame; voulez-vous que je vous la montre?

MADAME DE LUCENAY.

Voyons! (France lui tend une lettre qu'elle prend dans le portefeuille. — La prenant, à part.) Ah! mon Dieu! cette écriture!...

JEANNETTE.

Qu'avez-vous, madame? vous êtes toute pâle.

MADAME DE LUCENAY.

Rien. (Ouvrant la lettre.) Je me trompe sûrement... La signature !... Georges de Lucenay. — Mon mari?...

Elle tombe assise.

FRANCE, courant à elle.

Ah! mon Dieu!

JEANNETTE, id.

Madame!

MADAME DE LUCENAY.

, Ce n'est rien! un éblouissement... c'est passé.
— Mais l'émotion... (A Jeannette.) Sais-tu de qui
est cette lettre, ma bonne Jeannette? Elle est de
mon mari!

JEANNETTE, joignant les mains.

De mon pauvre cher maître ?

MADAME DE LUCENAY.

Comprends-tu, cette lettre entre les mains de
cette enfant que la Providence a conduite jusqu'à
ma porte, après tant d'années? Ah! Dieu est juste.
— (Elle ouvre la lettre et lit.) « Mon brave Claude...

FRANCE, qui, un peu inquiète, regarde maintenant les deux
femmes.

Le nom de mon père...

MADAME DE LUCENAY.

« Tu me demandes d'attester ta bonne conduite.
je le fais volontiers, car nul mieux que toi ne
mérite les éloges et l'estime de tes chefs. Tout le
temps que tu as passé sous mes ordres, je n'ai eu

qu'à me louer de toi; et si ce n'avait été pour ton
avantage, je n'aurais jamais consenti à ce que tu
quittes mon régiment. Mais nous allons nous retrouver ensemble; car voilà que l'ordre arrive
de se mettre en marche, et capitaine ou soldats,
nous ferons tous notre devoir et nous marche-
rons la main dans la main, la tête droite et le
cœur ferme, pour le drapeau et pour la France ! »

Elle s'arrête émue et s'assied. Jeannette s'est agenouil-
lée auprès d'elle, au dehors les cloches commencent
à tinter doucement.

FRANCE.

Les cloches !

Elle est venue elle aussi se mettre à genoux lentement
près de madame de Lucenay.

MADAME DE LUCENAY.

La cloche de Noël !

JEANNETTE.

Ma chère maîtresse.

MADAME DE LUCENAY.

Elles tintent doucement, et il me semble qu'elles
me parlent et qu'elles me conseillent. (Elle regarde
France.) Ce n'est pas seulement le hasard qui l'a
conduite ici!...

JEANNETTE, doucement s'approche d'elle.

C'est Noël, madame, qui ne pense pas seulement aux petits, mais qui sait aussi consoler les bons et réjouir leurs âmes.

MADAME DE LUCENAY, à France.

Ecoute, ma petite, serais-tu heureuse de rester ici?

FRANCE.

Près de vous ?

MADAME DE LUCENAY.

Oui !

FRANCE.

Toujours?

MADAME DE LUCENAY.

Toujours !

FRANCE.

Vraiment?

MADAME DE LUCENAY, souriant.

Eh bien, tu ne dis rien ?

FRANCE.

Je ne sais pas ! J'ai peur de m'éveiller ! C'est si beau et si bon le rêve!

MADAME DE LUCENAY.

Mais tu ne rêves pas : je te garde, si tu veux!

FRANCE, joignant les mains.

Et qu'est-ce que j'aurai à faire, dites?

MADAME DE LUCENAY.

Rien... qu'à aimer ceux qui t'aimeront. — Je n'ai pas d'enfant, tu seras ma fille. — Veux-tu?

Elle lui tend les bras.

FRANCE, avec un cri de joie, se précipite dans les bras de madame de Lucenay.

Maman!

JEANNETTE.

Eh bien voilà que je pleure comme une bête! mais vrai, je ne regrette pas mes larmes, puisque c'est la joie qui me les fait verser!

MADAME DE LUCENAY, embrassant France.

Chère petite!

FRANCE, se blottissant dans ses bras.

C'est bon d'être heureuse!...

MADAME DE LUCENAY.

Oui, c'est bon d'être heureuse, surtout quand on l'est par le cœur et par le souvenir!...

La cloche, qui s'était tue un moment, recommence jusqu'au baisser du rideau.

MADAME DE LUCENAY, à Jeannette.

Eh bien es-tu contente, Jeannette ? tu ne dis rien.

JEANNETTE.

Moi, madame ! si je ne dis rien, voyez-vous, c'est que j'en aurais trop à dire et que ne saurais pas m'en tirer. — Mais mon avis est que cette enfant-là c'est le bon Dieu qui nous l'envoie !

MADAME DE LUCENAY, regardant France.

Et Noël qui nous l'apporte !

JEANNETTE.

Sûrement ! Quand les cloches sonnent, voyez-vous, c'est que la besogne de l'année est finie ; et il remonte vite, là-haut, raconter aux anges tous les bonheurs qu'il a faits.

MADAME DE LUCENAY, embrasse l'enfant.

Et toutes les dettes de cœur qu'il nous a donné la joie de payer !...

Rideau.

LES

DEUX PIGEONNES

SAYNÈTE EN UN ACTE

PERSONNAGES

JEANNETTE, jeune fermière.
UNE INCONNUE (Thérèse).

La scène dans une auberge, à l'entrée d'un petit
village.

———

LES
DEUX PIGEONNES

Une salle d'auberge. Au fond, la porte d'entrée. — A droite,
une cheminée; — à gauche, une table; — à droite, un bahut.
Au lever du rideau, Jeannette souffle le feu.

SCÈNE PREMIÈRE

JEANNETTE, seule.

Là... Voilà que ça flambe ! (Elle se relève.) C'est
bon le feu; surtout quand il fait froid dehors et
que le vent souffle ! Il n'y a pas à dire c'est l'hiver. Les hirondelles ont toutes quitté leurs nids;
les dernières s'en sont allées hier, au coucher du
soleil; elles ont longuement battu des ailes comme

8

pour nous dire adieu; puis elles ont pris leur vol!
Elles ne reviendront qu'avec les aubépines blanches ! — (Elle va à la salle à gauche et prend un ouvrage
de tapisserie.) Si je travaillais un peu, avant le dîner : il est à peine cinq heures, j'ai du temps devant moi... Claude ne rentrera pas avant huit
heures. Voyons! (Elle travaille.) Je ne peux pas rester inoccupée. (Silence.) C'est surtout quand l'hiver
arrive que le souvenir de Thérèse me revient.
Pauvre petite cousine! Qu'est-elle devenue? Depuis dix ans je n'en ai plus eu de nouvelles. Et
nous nous aimions tant, Thérèse et moi; orpheli-
nes toutes les deux, recueillies par notre tante,
le malheur qui nous avait réunies n'avait fait
que lier davantage nos cœurs. Si longtemps nous
avions vécu ensemble, partageant nos douleurs
et nos joies; et si souvent nous nous étions juré
de ne pas nous quitter! Ne pars pas, lui disais-je;
mais elle n'entendait rien ; elle m'embrassait, as-
surant que c'était pour son bonheur qu'elle s'en
allait, qu'elle reviendrait riche et qu'elle me fe-
rait heureuse. Et puis je crois aussi que le désir
de voir et d'apprendre l'entraînait. Ce n'était pas
qu'elle eût méchant cœur ; au contraire. — Mais
la tête était folle. J'eus beau dire, j'eus beau faire,

elle partit. Une année durant je reçus de ses nouvelles, en cachette; car ma tante ne voulait même
pas qu'on prononçât son nom. Puis un jour les
lettres s'arrêtèrent ; j'écrivis, rien. Et dix ans
ont passé depuis. Qu'est-elle devenue ? Elle a peut-
être oublié ses premières amitiés comme elle a
oublié son premier nid. Les hirondelles quittent
aussi leur nid, mais elles y reviennent chaque
année. Pourquoi n'a-t-elle pas fait comme elles !
Pauvre Thérèse ! Pourvu qu'elle soit heureuse ! (On
entend frapper à la porte. — Se levant.) Tiens, on dirait qu'on frappe. Serait-ce déjà mon mari ? (On
frappe de nouveau.) Non. Quelque voyageur sans
doute. (Elle va ouvrir et recule étonnée.) Une femme !

SCÈNE II

JEANNETTE, L'INCONNUE.

Une femme s'est arrêtée sur le seuil ; elle est pauvrement
mise et porte une guitare sous le bras ; — elle semble très
lasse et très honteuse.

JEANNETTE.

Que demandez-vous, madame?

L'INCONNUE.

Un coin, pour reposer ma tête ; puis à manger,
si cela est possible.

JEANNETTE.

Entrez ! — Rien n'est plus facile.

L'INCONNUE, hésitant.

C'est que ma bourse est petite, pauvre même,
devrais-je dire et je ne sais...

JEANNETTE.

Entrez d'abord. Nous compterons après ; nous
serons toujours d'accord, croyez-le bien.

L'INCONNUE, timidement.

Merci.

JEANNETTE, souriant.

D'ailleurs, vous avez dû lire l'enseigne de l'auberge : « *Au bon Samaritain* ! » Titre oblige, et ce
n'est pas nous qui le ferons mentir. — Mais as-
seyez-vous ; vous me semblez bien lasse.

L'INCONNUE, s'asseyant.

C'est que je marche depuis ce matin.

JEANNETTE.

Je comprends alors. (Allant à elle.) Approchez-
vous du feu... plus près encore . — (Souriant.) Le
feu ne coûte rien : il est à tous.

L'INCONNUE.

Vous êtes bien bonne!

JEANNETTE, s'approchant.

Il fait froid, n'est-ce pas?

L'INCONNUE.

Oh! oui. Le vent est glacé; j'étais obligée par
instant de m'arrêter pour souffler dans mes
doigts; j'avais besoin de les réchauffer.

JEANNETTE.

Ah! dame! C'est le vent froid d'automne!
C'est le commencement de l'hiver. Sous les toits,
tous les nids d'hirondelles sont vides; et il ne
reste pas une feuille verte sur les arbres.

L'INCONNUE, comme à elle-même.

Et c'est triste l'hiver!...

JEANNETTE.

N'est-ce pas? Et d'où venez-vous?

L'INCONNUE.

Oh! de bien loin!

8.

JEANNETTE.

Et où allez-vous? (S'arrêtant.) Oh! pardon, je
suis peut-être indiscrète?

L'INCONNUE.

Non. — Je me rends à Bellefontaine.

JEANNETTE.

Tiens!

L'INCONNUE.

Ce n'est pas loin d'ici, n'est-ce pas?

JEANNETTE.

Non! — Deux heures pourtant. On n'a qu'à
suivre la grande route. Vous y arrivez tout
droit.

L'INCONNUE.

Vous connaissez le village?

JEANNETTE.

Je crois bien: j'y suis née.

L'INCONNUE, réprimant un mouvement.

Ah!

JEANNETTE.

Je ne l'ai quitté que pour me marier, voilà
tantôt deux ans et venir habiter avec mon mari

cette auberge du *Bon Samaritain*. (Souriant.) Une
auberge où sauf les jours de marché, les voyageurs sont rares. (Se levant.) Mais pardon, je bavarde là, et j'oublie que si vous aviez froid, vous
aviez faim aussi. Je m'en vais vous préparer à
manger là sur le coin de la table; puis si vous
êtes par trop lasse, je vous montrerai votre chambre et vous y pourrez dormir tout à votre aise.
Le coq ne vous réveillera pas; nous l'avons
mangé, l'autre jour!

> Tout en parlant, elle met le couvert sur un coin de la ta-
> ble, à gauche.

L'INCONNUE, à part.

Je n'ose plus maintenant interroger cette
femme; peut-être m'a-t-elle connue autrefois! Et
je ne veux être reconnue par personne avant d'a-
voir retrouvé celle que je cherche, si toutefois
elle est encore là!

JEANNETTE, continuant.

Et vous connaissez du monde à Bellefontaine?

L'INCONNUE, vivement.

Non! Mais on m'a dit que demain avait lieu la
grande Kermesse annuelle. (Souriant tristement.) Et
je vais tâcher d'y gagner un peu d'argent.

JEANNETTE.

Ah !

L'INCONNUE, montrant sa guitare qu'elle a déposée sur la table avant de s'asseoir.

Avec ceci.

JEANNETTE.

Vous chantez ?

L'INCONNUE, se levant.

Il faut bien vivre !

JEANNETTE.

Oh ! il n'y a pas de sot métier, pourvu qu'on pratique honnêtement celui qu'on a choisi. Quoique, soit dit sans vous blesser, celui-ci ne soit peut-être pas des plus agréables et des plus lucratifs.

L'INCONNUE, tristement.

Oh non ! allez ! J'en ai connu des heures tristes, et des jours sans pain.

JEANNETTE, à part.

Pauvre femme ! (Haut.) Mais pourquoi n'en changez-vous pas !

L'INCONNUE, secouant la tête.

Je n'en connais pas d'autres.

JEANNETTE, approchant une chaise de la table.

Et maintenant mangez sans crainte, à votre
faim.

L'INCONNUE, s'asseyant.

Oh! ça n'est pas de refus; la marche creuse!

JEANNETTE, à part, la regardant.

Et elle m'a l'air de s'être couchée plus d'une
fois l'estomac vide, la pauvre chanteuse! (Haut.) Et
il y longtemps, dites-moi, que vous faites ce métier de cigale?

L'INCONNUE.

Oh! oui, bien longtemps déjà! mais pas plus
que la cigale je n'ai pu amasser du grain pour
l'hiver.

JEANNETTE.

C'est pourtant là qu'est la sagesse!...

L'INCONNUE.

Oui, vous avez raison. Mais que voulez-vous,
j'avais la tête folle; je ne pensais jamais au lendemain. Et pourvu que l'heure présente fût douce et
heureuse, j'étais contente. Je marchais toujours
droit devant moi, sans réfléchir que le temps mar-
chait aussi, que les années venaient, et que, comme

la cigale encore je pouvais me trouver un jour d'hiver sans feu ni lieu.

JEANNETTE.

Vous n'avez donc plus ni parents, ni amis?

L'INCONNUE.

Non. Les amis que j'avais m'ont sans doute
oubliée. L'absence est le plus dur des maux; on
s'éloigne du cœur, en s'éloignant des yeux.

JEANNETTE.

Pas toujours.

L'INCONNUE, comme à elle-même.

Et pourtant j'ai connu des heures heureuses;
mais elles ont peu duré et aujourd'hui je me
demande si ce fugitif bonheur-là peut compenser
celui que j'ai perdu par ma faute.

JEANNETTE, à part.

La pauvre femme m'intéresse et m'émeut!...

L'INCONNUE, continuant.

Car, voyez-vous! s'il y a une chose triste et dure
ici-bas, c'est la solitude ; ce n'est pas gai de vivre
seule, de ne sentir près de soi aucun cœur qui batte
avec le vôtre, qui partage vos joies, et vous console

de vos peines. Quand on est jeune, on rit de cela,
et point on ne s'en soucie; on ne pense qu'au
bonheur qui vous attend, à la liberté qu'on aura,
au rêve que l'on fait!... c'est en riant qu'on brise
tous les doux liens qui vous attachent, c'est le
cœur content, qu'on desserre les mains qui vous
pressent, et l'on prend son vol avide du nouveau,
oubliant déjà tout ce qu'on a laissé. Mais le ré-
veil vient un jour ; les illusions se sont envolées
elles aussi; et sur le chemin désert, on s'arrête
un jour, pensant au foyer vide. Alors des larmes
coulent de vos yeux et vous entendez pleurer et
se plaindre votre cœur. Vous regrettez alors les
mains qui pressaient les vôtres, les amitiés qui
mieux que toutes choses font la vie douce et heureuse; et vous n'avez pas même pour vous consoler les oiseaux des bois; car, moins fous que
vous, c'est à deux qu'ils ont bâti le nid dans lequel ils s'enferment. On est seule, en face de la
grande route blanche, qui semble s'étendre devant vous sans fin; et lasse, traînant de l'aile, on
se remet en marche, regardant tristement la plus
pauvre chaumière, où sonnent des rires, où l'on
a chaud, et où l'on s'aime! (s'arrêtant.) Mais je vous
demande pardon, madame. Je ne sais à quoi je

pense ni pourquoi je vous dis tout cela ; ce n'est guère intéressant pour les autres.

JEANNETTE, à part.

Comme elle a dû souffrir ! Les fatigues et les douleurs ont, plus que l'âge, vieilli son visage. (Haut.) Bah ! il faut toujours espérer, ici-bas. Peut-être que l'heure est proche où vous vous reposerez et où vous pourrez être heureuse.

L'INCONNUE, comme se parlant à elle-même.

Hélas ! elle est bien fragile mon espérance ! C'est une faible branche que le moindre souffle du vent a peut-être déjà brisée.

JEANNETTE, continuant.

En ce monde, voyez-vous, chacun reçoit le lot qui lui est échu. Et je me figure qu'il a dû, en toute justice, échoir à chacun une même part de joie et de peine.

L'INCONNUE, tristement.

Oui, mais les uns conservent sagement cette part de joie ; d'autres la laissent : et plus jamais ils ne la retrouvent, lorsqu'ils la veulent encore.

JEANNETTE, souriant.

C'est l'hiver qui vous fait ainsi voir les choses

tristes. Tenez, moi qui vous parle, j'ai eu aussi
mes heures noires. Mais tout cela a passé. Avec
quelques écus que nous avions de côté, mon mari
et moi, nous avons acheté cette petite auberge ;
et travaillant avec courage, contents de nous-mê-
mes comme de notre sort, nous vivons heureux,
pas riches, c'est vrai; mais la richesse ne fait pas
tout le bonheur et pourvu que la table soit mise,
qu'on ait un coin pour s'abriter, et la conscience
pure, on va de l'avant, le cœur joyeux, courageux
à l'ouvrage, et heureux de vivre.

L'INCONNU, à part.

Voilà ce que j'aurais pu être si je l'avais
voulu ! — Voilà le bonheur tranquille qui m'attendait !

Elle se lève.

JEANNETTE, se levant aussi.

Et maintenant, si vous le permettez, je m'en vais
vous laisser seule un instant. Je vais vous préparer votre chambre; et vous pourrez l'occuper quand
il vous plaira.

L'INCONNUE, l'arrêtant.

Mais j'ai besoin de peu de chose, et je ne voudrais pas...

9

JEANNETTE, souriant.

Laissez donc. Vous craignez la dépense? Je
vous ai déjà dit que nous nous arrangerons tou·
jours. Il faut s'entr'aider ici·bas, et nous avons
l'habitude ici de soigner aussi bien le voyageur
pauvre que le voyageur riche. Ce n'est pas une
raison parce que la bourse est plus petite, pour
que le lit soit plus dur et le pain plus noir. Et
rassurez-vous, ma bonne femme : mon mari là-
dessus raisonne comme moi. (Lui faisant signe de la
main.) Attendez-moi là, je reviens!

Elle sort.

SCÈNE III

L'INCONNUE, la regardant s'en aller.

Les braves gens ! l'excellent cœur ! J'aurais dû
l'interroger : par elle j'aurais pu savoir ce qu'é-
taient devenus ceux que j'ai abandonnés; je n'ai
pas osé, j'ai eu honte. Ma pauvre chère Jeannette!
Je te revois encore me passant les bras autour
du cou, pleurant et me disant : « Ne pars pas;
reste avec nous ! Reste auprès de ceux qui t'ai-

ment. Qui sait ce qui t'attend là-bas! » — Et je
suis partie, je n'ai écouté ni ses conseils, ni ses
prières! C'était elle pourtant qui avait raison! La
première année ce ne furent que joies et fêtes.
Ma protectrice m'emmenait partout avec elle; et
chaque jour je voyais grandir son affection pour
moi; elle me promettait le plus brillant avenir. Et
moi je la croyais — et — (Baissant la tête.) je l'avoue,
un an après, j'avais oublié mon village et Jeannette. Je pensais bien à elle quelquefois; mais pas
comme je l'aurais dû. — Hélas! elle aussi a dû
m'oublier! N'ai-je pas été ingrate? Ai-je tenu la
promesse faite d'écrire souvent et de revenir bientôt? Les plaisirs, les richesses qui m'entouraient,
m'étourdissaient. Hélas! il a été court le rêve, et
la désillusion est vite venue! J'aurais voulu alors
revenir au village, mais je n'osai pas... L'orgueil me retint. Je l'ai chèrement expié. Et ma vie
ne fut plus alors qu'une vie de hasard; de larmes
souvent; pleine de jours sans pain, et d'heures noires... Et les années passèrent... Mais un jour, malgré moi, comme poussée par un besoin du cœur,
je me suis trouvée sur la route du pays natal; un
désir violent me venait de revoir la maison
où j'étais née, de savoir ce qu'étaient devenus ceux

que j'aimais. Hélas! Dix ans, c'est bien long!
(Elle va au bahut et machinalement elle a pris un livre
placé sur l'étagère. Ele l'ouvre, puis surprise, elle le regarde.)
Ah! mon Dieu! Mais je reconnais ce livre : un li-
vre de fables. Il m'a appartenu! Là, sur la première
page, je suis sûre que je vais retrouver mon nom,
écrit de ma propre main. Non — je rêve — ce n'est
pas possible. — Comment ce livre se trouverait-il
là! — Et voilà que j'hésite maintenant à l'ouvrir
ici. Pourtant je ne me trompe pas; les choses vous
parlent aussi, et ce livre est bien à moi. (Elle regarde la première page). Oui, c'est bien lui. (Elle lit.) Donné
par Thérèse à sa cousine Jeanne! » (Elle ferme le livre.)
C'est vrai — je l'ai donné moi-même à Jeannette,
deux jours avant mon départ. Nous l'avions lu
souvent ensemble; et je me souviens même que
la veille de mon départ, alors que toutes deux
nous étions enfermées dans cette petite chambre,
que je ne devais plus revoir, elle m'embrassait en
pleurant et me tendant le livre: « Lis ceci, me di-
sait-elle, et prends bien garde, c'est peut-être ton
histoire et la mienne qui y sont contées. » Je
me suis bien souvent rappelée comment commen-
çait ce récit, dont je riais alors! (Elle rouvre le livre
et le feuillette.) Le voici:

RÉCIT.

Elle lit.

Deux pigeons s'aimaient d'amour tendre.
L'un d'eux, s'ennuyant au logis,
Fut assez fou pour entreprendre
Un voyage au lointain pays.
L'autre lui dit : « Qu'allez-vous faire?
Voulez-vous quitter votre frère ?
L'absence est le plus dur des maux!
Non pas pour vous, cruel, à moins que les travaux,
Les dangers, les soins du voyage
Changent un peu votre courage.
Encor si la saison s'avançait davantage.
Attendez les zéphirs. Qui vous presse ? Un corbeau
Tout à l'heure annonçait malheur à quelque oiseau:
Je ne songerai plus que rencontre funeste,
Que faucons, que réseaux. Hélas! dirai-je, il pleut,
Mon frère a-t-il tout ce qu'il veut,
Bon souper, bon gite et le reste....

C'est mon histoire. Oh! il faut que je sache..

Elle s'arrête, s'assied, et laisse tomber le livre.

SCÈNE IV

JEANNETTE. L'INCONNUE.

JEANNETTE, entrant et s'arrêtant étonnée à la vue de l'inconnue.

Vous voilà prête? Tiens! que vous arrive-t-il donc? Vous me semblez tout émue!

L'INCONNUE, vivement se lève et va à elle.

Dites-moi! — ce livre?

JEANNETTE, étonnée.

Ce livre de fables?

L'INCONNUE.

Oui. D'où le tenez-vous?... Oh! je vous en prie, répondez-moi! Ce n'est pas par simple curiosité que je vous demande cela... Mais dites-moi comment ce livre se trouve entre vos mains...

JEANNETTE, id.

Mais, ce livre m'appartient; et je ne comprends pas...

L'INCONNUE.

Il vous appartient ?... Mais alors...

Elle recule, la considérant avec stupeur.

JEANNETTE, continuant.

Et j'y tiens, allez; car ce livre est un souvenir, le seul que je possède. Il m'a été donné par
quelqu'un que j'aimais bien.

L'INCONNUE.

Et que vous n'aimez plus, peut-être?

JEANNETTE.

Au contraire! Je l'aime davantage, car elle
souffre peut-être et je ne peux rien que l'aimer
et prier pour elle. Pauvre petite cousine! Elle était
si gentille et si bonne! Et puis, il faut l'avouer,
nous n'étions pas toujours heureuses auprès de
la vieille tante qui nous avait recueillies l'une et
l'autre. Moi je ne disais rien; mais Thérèse n'ac-
ceptait pas les reproches aussi facilement que
moi.

L'INCONNUE, à part.

C'est elle, c'est Jeannette ! (Haut.) Et pourquoi
vous quitta-t-elle?

JEANNETTE.

Oh! c'est toute une histoire. Elle avait une jo-

lie voix. Un jour passa dans le pays une grande
dame, une cantatrice célèbre, disait-on. On lui
parla de Thérèse. Elle voulut la voir et l'entendre
et ce fut en revenant de chez elle qu'elle
nous annonça son départ. La grande dame lui
avait proposé de l'emmener avec elle; elle se
chargeait de son éducation et promettait de la
faire avant peu aussi riche et aussi heureuse
qu'elle. Il n'en fallait pas tant, hélas! pour monter
l'imagination de ma pauvre petite Thérèse. La
tête, voyez-vous, travaillait trop chez elle !

L'INCONNUE, à part.

Hélas !

JEANNETTE.

Ma tante manqua se trouver mal quand elle lui
fit part de sa décision, et elle se signa comme
pour exorciser le diable. Thérèse partit! — Ce livre
est donc tout ce qui me reste d'elle. (Prenant le livre et l'ouvrant.) Et tenez, elle écrivit elle-même de
sa main ceci sur la première page : donné par
Thérèse à sa cousine Jeanne.

L'INCONNUE, tremblante.

Et jamais plus vous n'avez entendu parler d'elle?

JEANNETTE.

Jamais.

L'INCONNUE, id.

Peut être a-t-elle cru que vous l'aviez oubliée?

JEANNETTE.

Oh! non, cela n'est pas possible. Elle sait trop bien qu'elle n'aurait qu'à frapper à cette porte, et qu'aussitôt mes bras s'ouvriraient pour la recevoir!...

L'INCONNUE, tendant les bras.

Alors, ouvre-les bien grands, ma Jeannette! J'ai tant besoin de t'embrasser!

JEANNETTE, éperdue.

Que dites-vous? (Elle la considère.) Vous... Tu serais?

L'INCONNUE.

Thérèse, la folle qui vous abandonna tous, et qui revient repentante et malheureuse au logis qu'elle n'aurait jamais dû quitter.

JEANNETTE, avec un cri.

Thérèse!

L'INCONNUE, se précipitant dans ses bras.

Jeannette!

JEANNETTE.

Laisse-moi t'embrasser encore!

9.

THÉRÈSE.

Tu ne me repousses donc pas ?

JEANNETTE.

Te repousser, méchante, moi qui t'attendais
depuis si longtemps ? Tu doutais donc de moi ?

THÉRÈSE.

Non, mais j'ai été si malheureuse !

JEANNETTE.

Toi ? (La regardant.) C'est vrai, pourtant.

THÉRÈSE, tristement.

Tu me regardes et tu devines ! Oh ! l'histoire
n'est pas longue, va, mais elle est bien triste ! Un
an après que je vous eus quittés, celle qui m'avait
emmenée se lasse de moi ; ce n'était pas moi qu'elle
aimait. Son amitié n'était qu'un caprice ; elle bri-
sait sans regret le hochet qui ne l'amusait plus.
Un jour, après qu'elle m'eut fait entendre à ses
amis, de beaux messieurs et de belles dames
qu'elle avait réunis tout exprès dans son salon,
elle comprit peut-être qu'elle s'était trompée à
l'égard du talent que je pouvais avoir. Chez elle
aussi l'imagination avait trop parlé. Je ne fus
plus pour elle qu'une petite paysanne fort encom-
brante, dont la présence ne la distrayait plus. Du

salon je descendis à l'office et bientôt je dus moi-
même lui demander de me rendre ma liberté. Ah !
c'est alors, vois-tu, que j'aurais dû retourner auprès de vous! Je n'osai pas, et dès ce jour com-
mença pour moi une vie vagabonde, pleine de
tristesse et de larmes! (secouant la tête.) Tu vois
où elle m'a conduite!...

JEANNETTE.

Ma pauvre chère Thérèse, comme tu as dû souffrir?

THÉRÈSE.

Oh! oui.

JEANNETTE, l'embrassant.

Embrasse-moi encore!

THÉRÈSE.

Que c'est bon de se sentir aimée! Il y avait si
longtemps que je ne savais plus ce que c'était!...

JEANNETTE.

Par ta faute, méchante!

THÉRÈSE, tristement.

Oui, par ma faute.

JEANNETTE.

Et dire que je ne t'ai pas reconnue!

THÉRÈSE.

Les chagrins vieillissent plus encore que les
années.

JEANNETTE.

Mais te voilà, tout est oublié! Les heures heureuses vont revenir maintenant et pour toujours.
D'ailleurs tu es ici chez toi.

THÉRÈSE.

Chez moi?

JEANNETTE.

Oui, chez toi. Quand je me suis mariée cette auberge était à vendre, justement dans le pays de
mon mari. Notre pauvre tante en mourant... (Thérèse baisse la tête.) Hélas! oui, la pauvre chère femme
n'est plus là pour pouvoir te pardonner!...

THÉRÈSE.

Elle a dû me maudire?

JEANNETTE.

Non! Elle ne demandait qu'à t'embrasser, lorsqu'elle est morte! Il y avait longtemps qu'elle
avait oublié sa colère pour ne se souvenir que de
ton affection et de ton bon cœur!

THÉRÈSE, secouant la tête.

Mon bon cœur?...

JEANNETTE.

Oui, ton bon cœur ! C'est ta tête qui fit tout le mal; tu n'as qu'à ne l'écouter plus jamais, voilà tout. (Reprenant.) Ma tante m'avait donc laissé une petite somme. Cette somme nous servit à mon mari et à moi à acheter cette auberge. Et comme je ne perdais jamais l'espérance de te revoir, je pensais : quand elle reviendra je lui montrerai la maison et je lui dirai : voici ta part, que j'ai conservée et fait valoir de mon mieux, prends-la et ne nous quitte plus.

THÉRÈSE, embrassant Jeannette.

Brave cœur ! Et tu as pu penser un instant que j'accepterai ton sacrifice ! Non ; tout ceci est à toi, et bien à toi.

JEANNETTE, allant au bahut où elle prend un papier.

D'ailleurs voici le testament de la pauvre tante, mon mari et moi l'avons pieusement gardé, car vois-tu, je lui disais si souvent que tu nous reviendrais, qu'il croyait à ton retour autant que moi-même.

THÉRÈSE, prend le testament que Jeannette lui tend et le déchire.

JEANNETTE.

Que fais-tu ?

THÉRÈSE.

Mon devoir. Je ne suis pas venue ici pour te dépouiller, ma Jeannette...

JEANNETTE.

Mais je n'accepte pas...

THÉRÈSE.

Tu accepteras ou je reprends ma route...

JEANNETTE.

Oh! non! Ne pars plus.

THÉRÈSE.

Je ne demande qu'un coin pour me reposer et vous aimer, comme vous le méritez l'un et l'autre!

JEANNETTE.

Et tu ne partiras plus ?

THÉRÈSE.

Je te le jure. L'expérience a été dure, mais elle m'aura profité.

JEANNETTE.

Et maintenant, viens; allons au devant de mon mari; je veux être la première à lui annoncer l'heureux retour de celle que j'ai tant pleurée...

THÉRÈSE.

Et qui te revient comme le pigeon de la fable que nous avons lue si souvent toutes deux. — Car, c'est grâce à ce cher petit livre (Elle prend le livre et l'embrasse.) que je t'ai retrouvée.

JEANNETTE.

Nous le mettrons, dans la maison, à la place d'honneur.

THÉRÈSE.

Et souvent ensemble nous la relirons cette histoire, qui fut la mienne, du pigeon qui laissa son ami, et qui fut bien heureux de retrouver le premier nid, que l'ingrat avait abandonné, et où fidèle à sa première amitié, l'autre l'attendait toujours, les ailes grandes ouvertes, pour réchauffer le pauvre voyageur et lui faire revivre ses premières et ses seules véritables joies !

Rideau.

MISS PEACKLE

SAYNÈTE BOUFFE EN UN ACTE

PERSONNAGES

MISS PEACKLE.
ROSE, servante.

————

MISS PEACKLE

La scène représente une salle d'auberge. Au fond, la porte d'entrée et la fenêtre dont les volets sont déjà clos ; à droite, porte conduisant à une chambre ; à gauche, l'entrée de la cuisine. — Une table au milieu de la pièce.

SCÈNE PREMIÈRE

ROSE, à la porte du fond qu'elle tient entre-bâillée. — A la cantonade.

Oui, madame. Soyez tranquille, je ne m'absenterai pas. Au revoir, madame. Et revenez vite surtout. (Revenant à la porte.) Les voilà en route. (Descendant en scène.) Pour sûr que je ne m'absenterai pas. J'aurais bien trop peur ensuite pour ren-

trer. Je ne suis pas courageuse, je l'avoue. Aussi
quand madame m'a annoncé son départ pour
Chantevigne, où devait avoir lieu la noce de sa fil -
leule, lorsque j'ai su qu'elle me laisserait ici toute
seule, toute une nuit, pour garder la maison, je
n'ai trop rien osé dire, mais, vrai, j'aurais préféré
m'en aller aussi. On n'aurait pas emporté l'auberge, bien sûr. Tandis que rester seule, c'est
dangereux. On entend raconter tant de choses;
des brigands, qui se déguisent; des voleurs qui
se cachent dans des tuyaux de cheminée. Je l'ai
lu dans un journal ! Brr ! rien que d'y penser, voilà
que j'ai le frisson. Avec ça que nous sommes à
l'entrée même du village, loin de la maison du
garde champêtre, et que, s'il m'arrivait quelque
chose, j'aurais beau crier, on ne m'entendrait pas.
(Frissonnant.) Allons bon ! voilà que ça me reprend.
Je n'ose plus maintenant regarder derrière moi.
Voyons, du courage, marchons! (Elle reste immobile.)
Ah! —il me semble que j'ai entendu du bruit. Non,
c'est le vent. Ma foi, ce que j'ai de mieux à faire
c'est de mettre la barre et de pousser les verrous.
Il ne viendra personne, et d'ailleurs si l'on
frappait, je n'ouvrirais pas. Où est la barre? (L'a-
percevant.) Ah ! la voilà! Je la tiens. (A cet instant, on

frappe à la porte d'entrée, elle s'arrête aussitôt, toute tremblante, la barre entre les bras.) Ah! mon Dieu, mais l'on
a frappé! Les voleurs! Voilà que je tremble! Je
veux courir et je ne peux pas. (On frappe encore. —
Criant.) Il n'y a personne! N'entrez pas! Passez
votre chemin.

La porte s'ouvre et miss Peackle parait; costume excen-
trique d'Anglaise en voyage; un sac et une couverture
à la main.

ROSE, poussant un cri d'effroi.

Ah! mon Dieu! Qu'est-ce que c'est que ça?

SCÈNE II

ROSE, MISS PEACKLE.

MISS PEACKLE [1].

Médème l'oberje, if you plize ?

ROSE.

S'il vous plait?

1. Pour la facilité du jeu, on a cru devoir écrire le plus
possible la prononciation exacte des mots, plutôt que leur
orthographe réelle: le sens des phrases restant expliqué
par les répliques. Miss Peackle est un rôle comique
d'allures et de mots.

MISS PEACKLE.

Yés — médéme l'oberje ?

ROSE.

C'est pas ici. Nous ne tenons pas ce que vous demandez. Voyez à côté !

MISS PEACKLE.

Very vell. Viné prindre à moa to ces tchoses, my darling ! (Voyant que Rose ne bouge pas.) Je disai: viné prindre. Vo intendé pas moa ?

ROSE, balbutiant.

Si. — Prendre... Pourquoi faire ?

MISS PEACKLE.

Yés.— Et tô de suite... Je étais biauco faitégué. Je volais minger d'ébord.

ROSE.

Manger ?

MISS PEACKLE.

Yés!.. — Minger... — Je volais cé qué vo évez.. (Très vite.) Skottefiche, bifeteske, rozebife, plum-puding, patti, chester. — Aillé !

ROSE.

Qu'est-ce que c'est que tout ça ?

MISS PEACKLE.

Je dônerai à vô cé qué vo démindé à moa. (Voyant qu'elle ne comprend pas ; très vite.) Je évai dit : Skotte-fiche, bifesteke, rozebife, plumpuding, patti, ches-ter... Aillé...

ROSE.

Bien, madame... (A part.) Je ne comprends pas un mot de tout ce qu'elle me dit.

MISS PEACKLE.

Att' prèz'eunte, muntré à moà oune tchémbre por lé nouit.

ROSE, tremblant.

Une chambre ? Vous voulez coucher ici ?

MISS PEACKLE.

Yès. — Kaocher. — Où il était lé tchembre, if you plize ? (Elle montre la droite.) Là ?

ROSE, machinalement.

Oui.

MISS PEACKLE.

Very-well. Jé élai la et jé révénai to d'souite, (Du seuil.) tò d'souite.

Elle entre à droite.

SCÈNE III

ROSE, seule.

Mon Dieu! Mon Dieu! Qu'est-ce qui va m'arriver encore?... Si j'avais fermé la porte deux minutes plus tôt! Et elle va rester ici toute la nuit avec moi... Je ne suis pas plus rassurée qu'il ne faut... Tous ces mots qu'elle me dit et que je ne comprends pas ne m'annoncent rien de bon. Je vous demande un peu quel est ce langage? Si je m'en allais : si je la laissais ici toute seule... Ah! non! Que dirait, madame, à son retour?... Et puis je me monte peut-être la tête trop vite. Une nuit d'ailleurs, c'est vite passé. J'en serai quitte pour ne pas dormir, voilà tout... En attendant, pensons à préparer ce qu'elle m'a dit. En faisant ses volontés, je gagne du temps et je l'empêche aussi de se mettre en colère. — Voyons. — Elle a parlé de manger... Ça, j'ai compris; mais c'est le reste. Je ne sais pas du tout ce qu'elle m'a demandé. (Cherchant à se rappeler.) *Chelecoft,* je n'en ai jamais vu... *Rosebife,* ça ne peut pas être pour manger cette chose-là.. Puis des prunes, ça n'est pas la saison... Et du *chaise*, je ne sais quoi... Ce doit être pour s'asseoir. Ma foi! je vais toujours lui servir un morceau de veau... C'est tout ce qu'il y a dans la maison. — Mettons toujours la table. (Elle va préparer la table, en prenant dans l'armoire à gauche tout ce qui lui est nécessaire.) D'ailleurs je ne la perds pas de vue, et si j'aperçois quelque chose, je cours à la fenêtre et je crie : au secours!— Ah! c'est que quand je m'y mets moi, rien ne m'arrête : je n'ai plus peur! ... (Prenant le plat.) Voilà le veau...

SCÈNE IV

ROSE, MISS PEACKLE.

MISS PEACKLE, apercevant la table mise.

Aoh! lé minger! Je étais biancò sattissfid, yès!

Elle se met à rire.

ROSE, à part.

Oh! a-t-elle des dents! On dirait d'un loup. (Haut.) Si madame veut s'asseoir.

10

MISS PEACKLE.

Yês. (Elle s'assied, mange, puis regarde le plat.) Que était cette chose?

ROSE, montrant le plat.

Ça, c'est du veau.

MISS PEACKLE, étonnée.

Comment dezè? — (En désignant) vo?

ROSE.

Veau.

MISS PEACKLE, ne comprenant pas.

Moa!

ROSE.

Non pas moi — veau !

MISS PEACKLE, fâchée.

Yès! je intindais bien vò-vo dezè à moa!

ROSE, à part.

Qu'est-ce qui lui prend? (Haut.) Ah! dame, je veux bien moi, si c'est ainsi que vous l'appelez. Ici, nous appelons ça du veau tout simplement.

MISS PEACKLE, poussant un cri.

Aoh! je comprinais... Vò — pételè bif?

ROSE.

Si vous voulez. (La regardant.) Je ne suis pas du tout rassurée, moi.

MISS PEACKLE, mangeant et regardant la table.

Et bifestéke?

ROSE, un peu éloignée.

Il n'y en a plus.

MISS PEACKLE.

Et rozebife ?

ROSE, même jeu.

Demain.

MISS PEACKLE, étonnée.

Dimain?... Et plumpuding?

ROSE, id.

Ce n'est plus la saison.

MISS PEACKLE.

Et chester?

ROSE, id.

Ah! la chaise... Vous êtes assise dessus.

MISS PEACKLE, effrayée, se levant vivement.

Moâ, sur le chester — schôking!

ROSE, id, à part.

Mais qu'est-ce qu'elle me baragouine là? Je vous demande un peu si elle ne pourrait pas parler comme tout le monde!

MISS PEACKLE, allant à elle.

Je étais pas cuntinte di tô... Vô avez vôlu riré di moâ... et je pirmetai pas, nô, je pirmetai pas...

ROSE, effrayée.

Qu'est-ce qui lui prend! Elle va me mordre. (Voyant que miss Peackle se rassied. — Doucement.) Si vous vous voulez que j'aille vous préparer une omelette?

MISS PEACKLE.

No. Je aimais pas cette chose-là... Je disais encor, je étais pas continte.

ROSE, à part.

Si elle pouvait s'en aller! (Haut.) Vous savez, à côté vous auriez peut-être été mieux servie; vous trouveriez sûrement là tout ce que vous demandez.

MISS PEACKLE, sans l'entendre.

Je allais rintrer dans mon tchembre... Préparez li lampe por moâ.

ROSE.

Vous allez vous coucher?

MISS PEACKLE.

Yés. (Elle l'appelle.) Aoh! dizè moâ, médème l'oberge?

ROSE.

C'est encore à moi que vous en avez?

MISS PEACKLE.

Yès — je volai diré à vo qué je aimais pas lè bruit, qué le nouit je étais pas, comin dizè vo...?

Elle cherche.

ROSE.

Ah! dame! je ne sais pas moi.

MISS PEACKLE.

Nô, je étais.... nô..... je étais pas... bôlde! Comin dizè vô cèt... bôlde ?

ROSE.

Hein!

MISS PEACKLE, *cherchant.*

Boldé...

ROSE, *lui donnant le bougeoir.*

Voilà toujours de la lumière!

MISS PEACKLE, *le prenant, puis poussant un cri.*

Aoh! je savais... Kouretjouz... Yès... Kouretjouz...

ROSE.

Ah! oui... Je comprends... Vous êtes poltronne, la nuit. Alors ça se trouve bien.

10.

MISS PEACKLE.

Biain?

ROSE.

Oui! je m'entends. Vous pouvez dormir tranquille. Ce n'est pas moi qui irai vous réveiller.

MISS PEACKLE.

Very-well. (Lui montrant le sac de voyage qu'elle a en entrant posé sur la table.) Vô porté cet tchoze din mon tchembeur.

ROSE.

Voilà, madame! (A part, prenant le sac.) Toi, je te tiens.

Elle entre dans la chambre avec miss Peackle, puis elle en sort aussitôt et ferme la porte à clef.

SCÈNE V

ROSE, seule.

Là! me voilà plus tranquille maintenant! Baragouine tout à ton aise, là-dedans! Je ne t'ouvrirai qu'au grand jour. (Elle met la clef dans sa poche.) Sors, si tu peux... Moi je vais me coucher. Je vais pou-

voir dormir, je crois. Je ne risque rien d'ailleurs.
Demain matin j'irai chercher le garde champêtre.
Parce que, voyez vous tout ça, c'est pas naturel.
(Tout en parlant elle a pris de la lumière et se dirige vers la
droite.) Il est neuf heures passées. Pourvu que je
dorme toutefois. En dormant on ne pense pas, et
on n'a pas peur!

Elle entre à gauche. — Nuit à la rampe.

SCÈNE VI

La scène reste vide un instant, puis l'on entend frapper à la
porte de droite; on la voit ébranler plus violemment; puis
la serrure se détache et tombe. La porte s'ouvre et miss
Peackle paraît, en toilette de nuit, avec un grand foulard
blanc sur la tête.

MISS PEACKLE.

Jè pòvais pas dormir di tò, lai didin... Nò je po-
vais pas et je volais. (Regardant à terre.) Aoh! li si-
roure, il était tumbé. (Elle la ramasse et la pose sur la
table.) Je intindais dou brouit tòtjor. Je élait cherché médème l'oberje por qu'il tchirchait à moâ
oune ôtre tchembeur. (Appelant.) Médème l'oberje!
médème l'oberje! (Prêtant l'oreille.) Nò! personne! je

élai trové. (Elle va à la porte de gauche.) Firmée!
Aoh! Voyons di cet kôté. (Elle va à gauche, au dernier
plan et sort en appelant.) Médème l'oberje! médème!

SCÈNE VII

La porte de gauche s'ouvre doucement, puis la tête de Rose
paraît, regardant autour d'elle avec inquiétude, puis lentement. elle descend en scène.

ROSE.

Je ne sais pas si j'ai rêvé, mais il m'a semblé
entendre un bruit bizarre; on aurait dit que quelqu'un essayait d'ouvrir la porte de ma chambre.
Est-ce bête la peur! Dès que j'ai eu fermé les
yeux, je n'ai vu passer devant moi que de grands
fantômes blancs qui essayaient de me tirer
par les pieds et de m'entraîner avec eux. Je me
suis réveillée brusquement; et c'est alors qu'il
m'a semblé entendre du bruit, de ce côté. Je suis
pourtant bien seule; l'autre est là, enfermée; j'ai
la clef dans ma poche. (On entend un bruit de vaisselle à
gauche.) Ah! mon Dieu. Il y a quelqu'un dans la cui-

sine. Les voleurs! Je suis morte... Où me cacher? Où fuir? (Dans l'obscurité elle se heurte à la table, et trouve sous sa main la serrure.) Qu'est-ce que c'est que ça? La serrure! Je suis perdue! (Essayant de crier et ne pouvant pas.) Au... au... secours. (Voyant sortir de la cuisine miss Peackle, elle pousse un nouveau cri et tombe à genoux, à droite, se cachant la tête dans ses mains.) La Dame blanche!

SCÈNE VIII

ROSE, MISS PEACKLE.

MISS PEACKLE. Au cri poussé par Rose, elle s'arrête effrayée à son tour, laisse tomber son bougeoir et pousse un cri.

Aoh! li voleurs!

Elle tombe à genoux de l'autre côté de la scène.

ROSE, même jeu.

A... à... à... moi!

MISS PEACKLE, id.

Mossié li brigande, ni fait pai di mal à moà!

ROSE, id.

Prenez tout... tout ce que vous voudrez, mais aissez-moi!

MISS PEACKLE, id.

Je donnerais à vô tô li meunn'i de moà, mai ne touiez pas moà !

Silence.

ROSE, à part.

Il ne bouge plus.

MISS PEACKLE, à part.

Il éttend !

ROSE, elle écarte un peu ses mains.

Si j'essayais de voir. — Oh !

MISS PEACKLE, à part.

Et médême l'oberge qui m'intin pas!

ROSE, lentement, se relevant.

Je n'entends plus rien. Si j'essayais de gagner ma chambre.

Elle s'avance à tâtons, marchant avec la plus grande précaution vers la gauche.

MISS PEACKLE, prêtant l'oreille.

Je pôvais pot-être trôvé mon tchembre et m'infirmé.

Elle se relève et s'avance doucement vers la droite.

ROSE, même jeu.

C'est par ici !

MISS PEACKLE, id.

Ce était par là !

Elles marchent toutes deux sur la pointe des pieds, s'a-
vançant l'une sur l'autre, si bien que se retournant tout
à coup, de dos elles se heurtent.

ROSE, poussant un cri.

Ah !

MISS PEACKLE.

Aoh !

ROSE, tremblant.

Le revenant me tient !

MISS PEACKLE, id.

Li voleur, il mé prin !

ROSE, id.

Je suis morte !

MISS PEACKLE, id.

Tout était fini !

TOUTES DEUX, ensemble se retournant et joignant les
mains.

Grâce !

Elles restent un moment silencieuses.

ROSE.

Mais...

MISS PEACKLE, étendant la main,

Jé riconnaissais li voa !

ROSE.

Co parler ne m'est pas inconnu !

MISS PEACKLE, poussant un cri.

Médème l'oberge !

ROSE, id.

Ma voyageuse !

MISS PEACKLE.

Yès !

ROSE.

Qu'est-ce que vous faites là ?

MISS PEACKLE.

Jé avai lissé tumbé mun loumierr !

ROSE, cherchant le bougeoir.

Attendez donc ! Je le sens sous mon pied.

Elle va au buffet, prend une allumette, et allume la bougie.

MISS PEACKLE, trouvant une chaise et s'asseyant.

Aoh !

Elle se trouve mal.

ROSE, revenant à elle.

Mais où alliez-vous donc à cette heure, et dans ce costume ?

MISS PEACKLE, gesticulant.

Aoh !

ROSE.

Vous avez donc fait sauter la serrure?

MISS PEACKLE, id.

Aoh!

ROSE.

Ah! mon Dieu! Qu'est-ce qui lui prend maintenant ?

MISS PEACKLE, id.

Aoh !

ROSE.

Mais ne gesticulez donc pas comme ça. (L'appelant.) Madame ! madame !

MISS PEACKLE, id.

Aoh !

ROSE.

Mais elle se trouve mal ! Il ne nous manquait plus que cela! (Elle lui frappe dans les mains.) Madame, madame! Revenez à vous, je vous en supplie.

11

MISS PEACKLE.

Aoh !

ROSE.

Et que fairè? Que faire ? (Poussant un cri.) Ah! du
vinaigre ! (Elle court dans la cuisine, puis revient avec un
pot de moutarde.) Je n'ai pas trouvé le vinaigre, j'ai
pris de la moutarde ; cela doit produire le même
effet. (Revenant à miss Peackle.) Madame! Tenez ! Respirez ceci fortement. Cela vous remettra. Respirez encore. Plus fort !... Plus fort encore !...

MISS PEACKLE, éternuant violemment ; puis se relevant
vivement.

Atchi !

ROSE.

Dieu vous bénisse! cela va mieux, vous voyez!

MISS PEACKLE, lui tendant les bras.

Aoh ! my darling !

ROSE, sans comprendre.

Tout ce que vous voudrez ! (Lui présentant le pot
de moutarde.) Mais respirez encore !

MISS PEACKLE.

No ! — Je étais pas touiée, alors !

ROSE, étonnée.

Comment touiée ?

MISS PEACKLE.

Yes, touiée pair li brig'ann·le qui volait prindre li meunn'i di moà !

ROSE.

Le brigand ? Quel brigand ?

MISS PEACKLE.

Yès — Aoh ! vo avè été bioutiful, very bôlde !
(s'enthousiasmant.) Kouraitjouz — Yès — Très!

ROSE, à part.

Ça y est. Elle déménage !

MISS PEACKLE, lui prenant les mains.

Et je volai rikumpinsè vo, qui avè saôvè moa !

ROSE.

Mais je ne comprends pas.

MISS PEACKLE.

Je comprenais moà.

ROSE, à part.

Elle est bien heureuse !

MISS PEACKLE.

Yès. (Allant à sa chambre.) Attendez moà ! je rivinai

immidiet'li. (s'arrêtant.) Mais avant, je volai. (Lui tendant les bras.) Vôlé-vo, miss?

ROSE.

Quoi donc?

MISS PEACKLE.

Embrasser vô!

ROSE.

Si ça peut vous faire plaisir. (Miss Peackle l'embrasse. A part.) Décidément elle n'est pas méchante.

MISS PEACKLE, de la porte de sa chambre, gesticulant.

Je rivinai!

Elle sort à droite.

SCÈNE IX

ROSE.

J'en suis toujours pour ce que j'ai dit. (Se frappant le front.) Elle a quelque chose là! — Quelle nuit! Que d'aventures! — Et moi qui avais peur d'elle! Mais elle est encore plus poltronne que moi. Heureusement que voici le jour. (Elle va ouvrir la fenêtre du fond.) Ah! par exemple, il n'y a que sa façon de parler qui ne me va pas. A part ça, je lui crois le meilleur cœur du monde.

SCÈNE X

ROSE, MISS PEACKLE.

Miss Peackle sort de sa chambre; elle a repris le costume
qu'elle avait à son entrée en scène.

MISS PEACKLE, Elle va à Rose.

Aoh! Miss, ekoté moa. Jé avai pinsé cet tchose !
— Volé vo vinir ôvek moà ?

ROSE.

Comment, avec vous?

MISS PEACKLE.

Jé voyageais biaukou, todjor! Vo avé saové
moa. Jé vôlai emminer vo, et je firai lé bônhair
di vô.

ROSE, à part.

Allons, il paraît que je l'ai décidément sauvée.
Au fond je n'y vois pas d'inconvénient. Et peut-
être suis-je courageuse sans m'en douter ?

MISS PEACKLE.

Volé vo?

11.

ROSE.

M'en aller avec vous? Impossible.

MISS PEACKLE.

Aoh! porkoa?

ROSE.

Parce que, voyez-vous, je suis née dans ce pays; parce que ma maîtresse tient à moi, autant que je tiens à elle, et qu'il y aurait ingratitude de ma part à la quitter.

MISS PEACKLE, l'embrassant, brusquement.

Very-well !

ROSE.

Qu'est-ce qui lui prend encore?

MISS PEACKLE.

Jé rigrittai, mé je disai iez very-well. Je fisai ôtre tchose élor : vo êt oune miss: je donnais à vo. (Elle prend dans son portefeuille un billet de banque et le lui donne.) Prendez!

ROSE.

Mais je ne veux pas.

MISS PEACKLE.

Et moà je volai.

ROSE, tremblante de joie.

Et c'est pour moi tout cet argent?

MISS PEACKLE.

Yès.

ROSE.

Oh! alors, madame, à votre tour, si vous vou-
liez bien me le permettre, laissez-moi vous embrasser. (S'arrêtant confuse.) Oh! pardon.

MISS PEACKLE, souriant.

Yès. Je vclai todjor!

ROSE, l'embrasse. — On entend un bruit de grelots.

MISS PEACKLE.

Quoi étai cett' brouit?

ROSE.

Le courrier qui va partir pour la gare. C'est
l'heure du train.

MISS PEACKLE.

Elor, jo pertais aussi! ..

ROSE.

Vous partez ?

MISS PEACKLE.

Yès! jo avais voulu passer sélemmin lè nouit
ici.

Elle va prendre sa couverture de voyage et son sac, qu'el'e
a en sortant de sa chambre déposés sur la table.

ROSE.

C'est vrai. Je me le rappelle maintenant. Il n'y a pas de train de nuit.

MISS PEACKLE.

Yès. Ce était por cette tchose que je souis ve-nou ici!

ROSE.

Et vous avez eu une flère idée, allez. C'est la meilleure auberge du village. (Regardant le billet qu'elle lui a donné.) Et des voyageurs comme vous, c'est du pain bénit.

MISS PEACKLE.

Vo viné avek moà au voatoure?

ROSE.

Je crois bien que je vais vous accompagner!... (Prenant les paquets.) Donnez-moi tout ça.

MISS PEACKLE, s'arrêtant.

Aoh! perdon! — Vo appelé vo?

ROSE.

Comment je m'appelle? Rose, pour vous servir.

MISS PEACKLE.

Rose? Aoh! très jaoli! Miss Rose. Si je riviné inkor ici, je dimandai todjor vo.

ROSE.

Et vous pourrez frapper sans crainte à notre
porte, à toute heure de jour ou de nuit; je n'aurai jamais peur de vous ouvrir.

MISS PEACKLE.

Peur? Vo évié peur? Vô? — Nô!

ROSE.

C'est une manière de parler. Si j'ai un défaut,
je crois, c'est d'être trop courageuse. (A part, regardant miss Peackle.) En ce monde tout dépend du
point de comparaison. (On entend le bruit des grelots.)
Venez-vous?

MISS PEACKLE.

All right!

Elles sortent.

Rideau.

TABLE

Imprimerie générale de Châtillon-sur-Seine. — A. PICHAT.

A LA MÊME LIBRAIRIE

PIÈCES POUR LA JEUNESSE

	Jeunes gens.	Jeunes filles.	Prix
Avocats.	4	»	1 »
Un Cercle de femmes.	1	7	1 »
Les Conseils de mon oncle	3	1	1 »
Un Coup de tête	»	2	1 »
Une Discrétion.	»	2	1 »
La Dot d'Alice	»	2	1 »
Un Fiancé anonyme	»	5	1 »
La Grande Sœur	»	2	1 »
Le général Pruneau (de Tours)	2	1	1 »
Une Intrigue au bal	»	2	1 »
Malices perdues	1	1	1 »
Les Pommes de la mère Aubry	»	3	1 »
Un premier habit	1	1	1 »
Le Pâté	3	1	1 »
Le Prix d'honneur.	»	2	1 »
Les Souhaits interrompus	»	4	1 »
La Négresse.	5	5	1 »

PIÈCES POUR L'ENFANCE

	Garçons.	Filles.	Prix.
Catiche et Gribiche	»	2	1 »
La Cigale et la Fourmi	»	2	1 »
Les deux Moineaux	1	4	1 »
Fiancés en herbe	1	1	1 »
Une grave affaire	2	2	1 »
Le Petit Monde.	1	2	1 »
Petite Maman	»	4	1 »
Les petits ambitieux	1	1	1 »
Les petits révoltés	1	3	1 »
Le Renard et le Corbeau.	2	»	1 »
Les Révoltes de Lisine.	»	2	1 »
Quand nous serons grandes !	»	3	1 »
Vive le Général !	2	4	1

IMPRIMERIE GÉNÉRALE DE CHATILLON-SUR-SEINE.—A. PICHAT.